腐屍花

柏菲思 著

——此秘密，他要一直放在心裏，
不可以讓任何人發現，否則世界會崩潰。

紫藍的花瓣如鮮血飛濺，一斑斑，沾污高夢麟的視野。

剎那間，世上沒有任何雜沓，只有他，和藍色小花交視。

褐色的眼睛裡，能清晰看見黑洞般的瞳孔。他眼也沒眨，把如圖片般靜止的花朵，映入無神的眼球之上。

假若說眨眼是快門，他根本不打算按下去，因那花兒對他而言，不過是過客，用不著把它留在菲林上。

忽然，熱風把生命吹進花中。藍色的小花慢慢隨風搖曳起來，停頓的時間以及只屬於他們的空間亦因而瓦解。

世界的雜沓，重新入侵思緒。

***

校舍後花園的草坪上，滋生出遍地的藍色小花。它們正不規則地左搖右擺，展現美態。初開的處女，以美麗佯裝純潔，包裹蘊藏於體內的邪惡念頭。

燦爛的陽光底下，高夢麟的面色顯得更加蒼白，全無少年應有的朝氣。他蹲身在小徑上，觀察那些新生命，如何受陽光曝曬、摧殘，直至最後一刻。

人們不能聽見花兒的喊聲，只被那漂亮的色彩所吸引。

可悲。

正午的熱力使高夢麟昏頭轉向，不知不覺，身邊竟多了一雙腿。可他沒抬頭，因他知道此刻站在旁邊的人的身分。

那是和其他狂風浪蝶同樣，擅自闖進他的生活中，企圖得到垂青，糾纏不清的傢伙。

殊不知，他只是不請自來的獵物之一罷了。

那個人——吳悠來，光是站著，好一陣子也沒作聲。

高夢麟一直無視他的存在，專心致志地盯看花朵。於是，吳悠來終於忍不住開腔，以溫柔得彷彿會融化的聲線，發問：

「這，是甚麼花？」

「牛舌草。」

高夢麟以發育期不男不女的獨特聲調，回答。他那雙半開的眼睛，不是由於初夏的太陽過分刺眼，而是與生俱來的。一天到晚，總是一副沒趣的樣子，似乎沒任何事物能夠取悅他。

吳悠來和他結識快將半年，卻從沒怎麼見過他表露情感。猶如失去表情肌肉，年青、幼滑的臉上沒一道皺褶。

「你對花真的很熟悉呢。」終於，吳悠來也蹲下身來了。

「我的外祖父喜歡花。」

「原來如此……」

兩名身穿雪白高中校服的少年，並排在一起。身型雖相差不遠，都是瘦弱的，但吳悠來粗眉大眼，看上去多了幾分男子氣魄；而高夢麟則如女生般，五官標致，兩者成了極大的對比。

不能否認，擁有青春的他們是世上最美好的事物。

吳悠來續道：「看著這些花，感覺會被淨化呢。」見高夢麟沒有反應，他頓了一頓再說：「大自然真有這種力量，光是注視著，心靈骯髒的部分就會被吸得乾乾淨淨。」

「花又不是天使，即使是天使，也不能說不骯髒。」

「甚麼意思？」

「正如細菌無處不在一樣。」

吳悠來瞄看高夢麟，他正木訥地定睛於眼前的小花。陽光折射反映，使他的雙眸一片蔚藍如晴空。一不以理智控制，真心話就脫口而出。

「我覺得……你像花。」

高夢麟木無表情地，把臉轉過去。

「對我而言，你就是花啊。」

吳悠來擠出笑容，抱著膝蓋的雙手卻在顫抖。他無法抑止不安蔓延，怕下一秒會被他拒之千里外。

總是如此，高夢麟沒丁點面部表情，使人無法讀取他的心聲。

明明能夠視線相交已經滿足了，吳悠來曾經這樣想過。可是，為何此刻如此忐忑不安？

他倆四目對視。沉默，就是你的答案嗎？

起風了，花兒被吹動，與此同時高夢麟的嘴唇微張，不知是為了呼吸，還是為了想說話。吳悠來的視線不禁定在他豐厚的唇上，似乎已無法抽離了。

那艷麗的花瓣，正為誰人綻放？

高夢麟如蜘蛛盤踞在網的中央，而吳悠來則心甘情願墜入陷阱。

「其實我……」

吳悠來欲言又止。

他戰戰兢兢地，湊近高夢麟的臉。他們的嘴唇仿若產生了引力，互相接近，卻保留一段距離。正當吳悠來抽吸一口氣時，突然，在四野無音之間，高夢麟的聲音如箭，刺進他的耳鼓——

「我殺了人。」

瞬間，一句言語冷卻了吳悠來的體溫，使他心跳幾乎停止。其實他不太懂，這句話的真正意思。

＊＊＊

「你脫我的衣服時興奮嗎？」

假若有大人在場，大概難以置信，此番話會從一名剛上初中的男生口中說出來。

夾在十二至十三歲中間的高夢麟，現在，正面對與他穿同一所中學校服的男生。

這小子和高夢麟年紀相約，但校服穿得不太整齊，甚至可以說是亂來。顯然是那種校內的活躍分子，令老師頭痛的頑童。

然而，誰能猜得到，與他愛逞強的外表相反，他的內心住著一隻隱性的怪物。

「你……在說甚麼？」

男生支支吾吾地，失去了一貫的氣勢。

大概由於他們現在身處荒山野嶺，而且還是兩人獨處的緣故，使他無法處之泰然。

高夢麟冷若冰霜地，接腔。

「就是你在我的背上刺圖釘的時候。」

「我沒有興奮！」男生反應激烈。

平日身為欺凌者的首領，必須在小弟面前，表現出天不怕地不怕的大哥風範。但是，當成了一對一，他立即變得舉止古怪。看來，除了陌生環境之外，還有別的潛在因素影響他。

「你親手脱我的上衣，明明有身體發熱，雙手抖動，瞳孔放大……這些都是動物亢奮時的自然反應。」

高夢麟木口木面，觀察著男生的神情。男生瞪大雙目回望高夢麟，似乎不敢相信這是事實。當時，高夢麟都要遭殃了，他怎麼還有心情觀察周遭的人？

＊＊＊

那天，在學校附近的小巷，男生與另外兩名小弟圍攻高夢麟。強行脱去他的襯衫，並在他背部刺入一粒粒金色圖釘。

雖然高夢麟全身每根汗毛都豎了起來，但他的眼裡卻無畏無懼，一聲不吭地低頭。

當時男生十分驚訝，同時，裸體的高夢麟令他產生無數遐想，使他毫不留情地作出摧殘，強迫高夢麟説出甘願屈服其下的宣言。

因為接受不了這變態心理，男生一直叫自己抑制。然而，在高夢麟面前，一切都是徒勞的。

「怎麼了？你不是很想施虐，很想傷害我的身體嗎？」

高夢麟那與年齡不相稱的説話方式，令男生起雞皮疙瘩。明明嗓子裡還帶著童音，為何語氣卻如此成熟？不，比起成熟，或許有更適合的形容詞。

對了，是狂。

男生緊張得上氣不接下氣地説：「是的……我要傷害你！」

説罷，男生衝向高夢麟，給他的下巴一記重拳。

此秘密，他要一直放在心裡，不可以讓任何人發現，否則世界會崩潰。

「去死吧！消失吧！」

男生歇斯底里地大叫，再來了個左勾拳，然後用膝蓋使勁地踢向高夢麟的腹部，令他弓起身子。

高夢麟被打得退後幾步，不一會，又站直身子，仿如機器人般矗立不倒。他歪脖子，盯看暴跳如雷的男生。

「你喜歡我吧。」

為甚麼？心中的所思所想全被高夢麟看得通通透透。

「不是！我討厭你！我討厭死你！」

「真是可憐蟲，嘻嘻……」高夢麟表露底蘊，吃吃大笑。

笑聲在這座山頭成了回音，使男生不寒而慄。他驚恐地掩上耳朵，瑟縮起來。

高夢麟肆無忌憚地走近他，迫使他把視線集中。

「因為是秘密，遊戲才好玩，你明白這道理嗎？」高夢麟幽幽地說：「但我有點悶了，結束吧。」

話音剛落，男生立刻感覺到有東西貫穿了心臟。他徐徐向下望，看見血從胸口滲出來，把白襯衫染紅……

男生意識到，高夢麟手上的利刀已刺穿了他。

「我……不要……還不想死……」

男生喘氣，不能自已地抽搐肢體。

可是，他的求饒一點用處也沒有，高夢麟以冷眼看他。

「你早已經死了。」

——在遇見他的那刻。

男生渾身乏力，鼻涕、口水失控地流下，他大概從沒感受過如此痛楚吧。

高夢麟手持刀子，如要攪碎心臟似地，把刀刃順時針轉了一圈才拔出來。

血量顯然比之前增多，男生痛極倒下。

高夢麟以觀察螞蟻似的眼神，俯看血流如注的男生。

地上的他瞠目，仰視背對天光的他化作剪影，覺得自己目睹了魔鬼的真身……

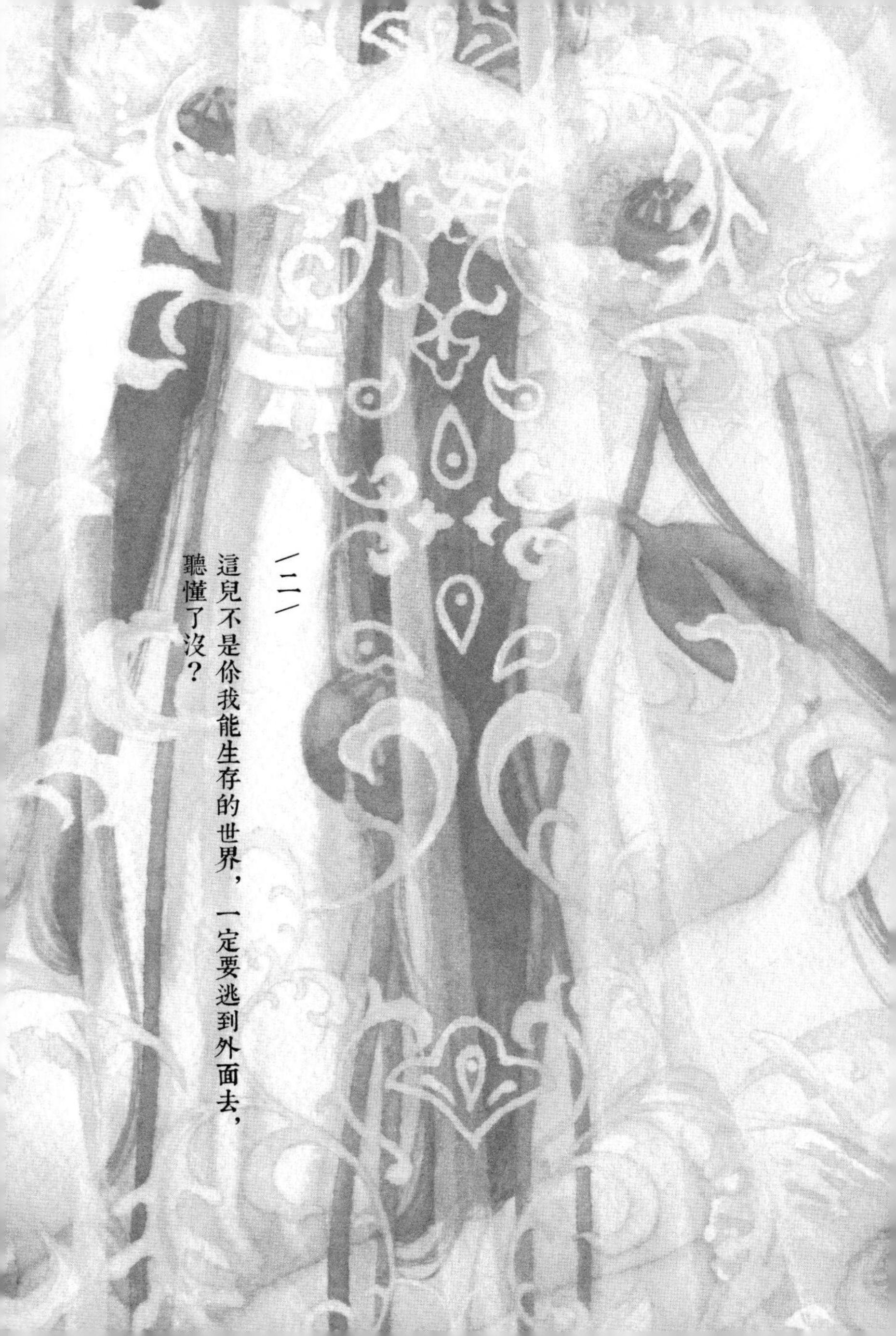
—二—
這兒不是你我能生存的世界，一定要逃到外面去，聽懂了沒？

有一種人，光是站著也有如射燈照耀似的效果，即使身處成千上萬的群眾之中，亦能成為最矚目的焦點。是外觀出眾的緣故，還是身上有誘人的費洛蒙，這點無法說得清。

可是，只要被他一雙媚眼注視，就會有全身麻痺的感覺。一旦嗅到他髮根的氣味，就會湧現觸電般強烈的衝動。

他一舉手一投足，都充滿撩人的姿態，對同性而言，甚至令人懷疑自身是否失了常，竟對他起色心，並因而變得情迷意亂。

這樣的少年，究竟是如何迷惑他人心智？而神又為何要製造出他此種散發甜蜜香氣的殺人鬼？祂的目的，是懲罰被慾望支配頭腦的人類嗎？

＊＊＊

高夢麟的姑媽正站在大廳內，摸著乾扁扁的心胸，以顫腔說。

「那孩子的母親……可是殺人犯呀……」

莫名的恐懼和怒氣，刺激淚腺，使姑媽眼眶飽含淚水。已顯衰老的她，根本沒察覺時間飛逝。眼睛永遠凝望著擺放於電視櫃上的舊照片——年青貌美的她與俊俏的丈夫站在一起。

那段希望滿溢的時光，早已一去不返。

彷彿在對空氣說話，姑媽攬住自己，呢喃。

「那女人殺了我的弟弟，還殺了那孩子的同學，是喪心病狂的怪物。我早該發覺，讓那孩子寄住下來是重大的錯誤。從那種變態的子宮裡出生的嬰兒，怎可能是正常人？」

姑丈十指交扣，手肘放在兩膝上，坐在她身後的沙發，低頭不語。

姑媽捋一下劉海，眼睛不住地眨動，淚珠隨即落下。

「那種女人應該處死刑，為何沒有死刑？應該要一命賠一命，這樣才公平……她沒人性，奪去了兩條人命，應該死兩次。」

窗外大雨紛飛。

姑媽背對陰暗的天空，用指尖撫著相框，以眼淚過濾那幀泛黃的照片。然後，像是生怕照片會因觸碰而氧化似地，收回了手。

「他都是怪胎，使人亂性的惡魔，不可以把他留下來。」

姑丈愕然抬首，看黑成一團的姑媽繼續喃喃自語。

「送他到寄宿學校吧。」

「我說過不會有下一次——」

姑丈以沉重的語氣，重申立場。然而姑媽執意不聽，打斷他的話兒。

「我不想再和那孩子有任何瓜葛！一天有他在，這家就不成家！」她把猙獰的目光投向姑丈。

「後天吧……我一早把他送走，就這樣決定吧。」

＊＊＊

在隔壁房間的高夢麟，雙手放在鋁製窗花上，眺望窗外的風景。一座座的大樓如巨型墓碑，把他封死在此狹隘的四方空間內。

方才，姑媽和姑丈的對話，他聽得一清二楚。新建房屋的弊害，在於牆身太薄，守不住秘密。甚麼聲音也會洩漏出去……

第一次來這個家是三年前。因為必須長時間逗留，所以高夢麟事事小心，為了不觸怒姑媽一家人，盡量謹慎行事。

高夢麟曾經有過一個溫暖的家，和媽媽兩個人生活，在別人夢寐以求的一棟式村屋居住。可是，現在他不得不寄人籬下。

只因——媽媽殺了人。

由於殺人案在這片土地上較為罕見，因此發表時十分轟動。各方傳媒連日報道，還把它放到最當眼的頭條位置。

罪人。

一般人眼中，高夢麟的媽媽殺了丈夫，還殺了兒子的同學，是萬惡不赦的罪人。

然而，只有高夢麟知道真相。

父親和同學的屍體被登山客發現後，警察迅速派人造訪他家。而媽媽似乎早有心理準備，立刻承認了兩宗重罪。基於媽媽自首，順理成章地，她被安排上庭，法官判她終身監禁。被警方逮捕時，她一直保持緘默。但只有高夢麟知曉，她只殺了一個人。

為了包庇心愛的兒子，她寧願認罪。反正殺掉高夢麟的爸爸，她已無法恢復清白之身了。這大概就是母愛吧？

唯獨他們母子倆了解，一族身受詛咒，高夢麟也繼承了該基因。

媽媽在入獄之前，搭住高夢麟的兩肩，說了最後一番說話——

「這兒不是你我能生存的世界，一定要逃到外面去，聽懂了沒？」

天下間，只有他倆互相理解對方，不止因為血脈相連，還因為有命運的羈絆。無奈此刻與世上唯一的知音人，天各一方……

想到這裡，高夢麟不禁悲從中來，但他堅持沒把情感表露於臉上，繼續佯裝對周遭事物感到麻木。

其實，高夢麟覺得目前的處境，和獄中受刑的媽媽沒分別。「未成年」此枷鎖，迫使他遵循成年人的指示，困於這四四方方的獨房，日日面壁。

正因為高夢麟把青春期的重要三年，虛度在此種地方，所以他才會遺忘了以表情表達情感的方法。

而現在，在這由姑媽掌管一切的天地，囚犯是高夢麟，獄卒是姑丈。大人就是真理，任人魚肉亦無處申冤。

高夢麟抓緊窗花，猶如兇猛的獵食者，露出鋒利的爪子。愈是加強力度，掌心的紅印就愈是鮮明。

漸漸地，他開始前後晃動身體，如鐘擺一般，使鋁窗的接口隨動作發出

「吱、吱」聲怪響。恍如渴望破繭而出的蝴蝶，他徒然搖盪著窗花。

到外面去，外面……

重複、循環的動作，使高夢麟慢慢掉進異空間。房子天旋地轉，他看見自己的分身站於窗外，甚至倒立於天花板，鳥瞰被囚禁的自身。

驀地，肩膀上的觸感，把飄遠的思想喚回現實。

與此同時，剛才迷惑他的所有幻影一併消失。唯獨玻璃窗上的倒影，形單影隻面對他佇立著。這才令高夢麟醒覺，這兒可是二十層的高樓，人類根本不可能於窗外立足。

高夢麟回首，肩上的觸感來自一雙粗糙的手。他認得這雙手。

那從高夢麟複雜的腦袋中，一點點抽走感情絲線的手，先是憤怒，後是悲哀。直至所有情感被抽去，留下一塌糊塗的腦漿，連他自己亦不記得它的原貌。

人性，本來應該是怎樣的？

那雙手的主人是姑丈。他任由痛哭失聲的姑媽待在大廳，彳亍走過來，從後方抱住了倚窗獨立的高夢麟。

搖晃中的高夢麟，止住了全部動作，如木偶。

姑丈依舊扮演著慈父角色，單手攬他的肩，另一手則輕撫他的髮鬢，以及那還未長過鬍鬚、滑溜的臉頰；並於他的頭頂上，留下一個響吻。

像是想把愛語直接灌注高夢麟的腦海，姑丈吻下之後，嘴裡含住他幼細的髮絲，小聲說：

「不用怕，我一定會去找你的。」

高夢麟那遭蠶食的雙眸，空虛地注視著落日餘暉，雨後的風景美得像布景板一樣，連被人擁抱著的自己，亦恍如冗長舞台劇中的其中一幕。

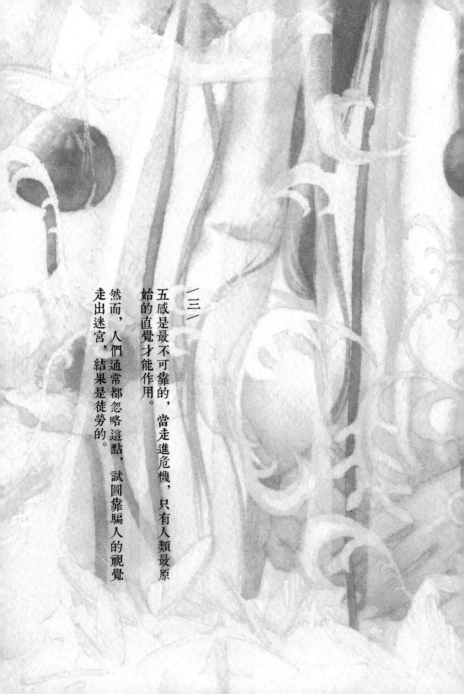

〈三〉

五感是最不可靠的，當走進危機，只有人類最原始的直覺才能作用。

然而，人們通常都忽略這點，試圖靠騙人的視覺走出迷宮，結果是徒勞的。

「縱使在最殘酷的日子裡，美好依然存在。」

——好像曾經從哪本書中讀到這金句，然而記憶已淡出了。

吳悠來一手提行李袋，一手拿手機，揹著一個沉甸甸的背包，裡面裝滿了他最愛的偵探小說。

和其他年青人無別，他喜歡有趣的綜藝節目，喜歡最新潮的玩意。可是，他現在正以自己的雙腳前往世上最沉悶的地方——寄宿學校。

由於父母的工作關係必須長居海外，吳悠來被安排入讀這所高中。明知道沒法子，但心裡不甘是事實。

他們大可以把他帶往海外，一同生活，或者給他安排到親戚家中寄住。此刻，他卻要步向囚房似的鬼地方。

聽聞這學校規矩嚴厲，只要一進校門大閘，如非必要都不能踏出校園半步。假若家中沒成年人看顧，則連長假期也不得回去。

吳悠來實在無法理解大人的想法，但也許這是他們挑選此學校的原因之一。因為規管嚴格，令他們出國更加安心。

來到錯綜複雜的鐵路站，吳悠來徬徨地迴視。人山人海的站內，要找一片綠洲實在不易。

他俯看手機螢光幕上的地圖，想找出正確的出口，但它無法正確偵測目前身處的位置。

他煩躁地把手機收回褲袋，又開始東張西望。

人一心急，尿意就來了。於是他去找廁所，先解決當前急務。幸好，附近就有男廁，他毫不猶豫地衝了進去。

意料之外，男廁內空蕩蕩的，與亂如七國的鐵路站內成了極大對比。不過，也不能說完全沒有人。

一名長髮及肩的人，正背對著吳悠來，呆站在整列鏡子前。是女生？為何在男廁內？

異性突然出現，加上那披頭散髮的模樣，令吳悠來大吃一驚。他以為自己看見幽靈，但似乎不是，那人有腳。吳悠來小心翼翼地走近，心想，女廁和男廁不過是一牆之隔，她該不會是走錯門了吧？

「不好意思……」吳悠來膽大心細地說。

那人聞聲回首。

由於剛才是背對著，他還沒看到對方的一張臉，只察覺其身子單薄。現在人轉過頭來了，見此人鼻樑筆挺，看上去還滿清秀的。只是，臉部輪廓還是被髮尾遮掩了，看不清其整體容貌。

吳悠來鼓起勇氣，續道：「這邊……這邊是男廁，你是否走錯了？」

說罷，他尷尬地扯起嘴角。

廁所內沉默一片。鐵路站的播音器正傳來模模糊糊的人聲……

突然，那人乾脆俐落地轉身，並把內褲和外褲一起脫掉。

吳悠來迴避不及，旋踵看見一雙雪白的大腿，以及在他跨下的男性器官。

「啊！」吳悠來發出無意義的叫聲，這才知覺原來面前的人不是女生，而是長頭髮的男生。

那人以鄙夷的目光，瞄了他一眼，然後扶起褲子，走到小便斗去。吳悠來正想道歉，卻因為有其他人進來而錯過了時機。

無可奈何，吳悠來紅著臉走到另一個小便斗，又不時瞥看那人的方向。

完事後，長髮男生率先離開。吳悠來亦趕緊洗手後追出去……

鐵路站內仍然十分喧鬧。吳悠來於茫茫人海中尋找那人的蹤影，發覺他正被一名大年紀的阿姨粗暴地扯上通往地面的升降機，走了。

「那個出口？」

撞開幾個路人，吳悠來跑到指示牌前一瞥。果真沒錯，剛才那人出去的地方，是最接近寄宿學校的出口，難不成他也是那兒的學生？

突然，吳悠來對新學校充滿期待，急不及待，加快了腳步。

＊＊＊

一路上，姑媽都沒多話。平日和鄰居的阿姨談天時，倒是吵得令人不勝其煩，可今天這升降機內的空間卻寧靜得可怕。

高夢麟將要入讀的寄宿學校，離鐵路站有二十分鐘車程，姑媽叫停了一輛計程車，大概想速戰速決，盡快到達學校，與魔鬼道別吧。只要高夢麟待在身邊多一分鐘，她亦會感到呼吸多一分困難。

然而，她所做的，和那些無良飼主拋棄寵物沒兩樣。只是，人們不會承認自己的罪行，愛把行為正當化。

從車尾廂拿回少得可憐的行李，兩人一同站在校門前。

那鐵鏽色大閘高得像巨人，絕不是輕易能夠攀越的高度。而且，左右兩側還延伸出萬里長城般堅固的石圍牆，和那些科幻小說中，用來封鎖千年怪物的神秘研究所極之相似。

其他入讀該校的學生，從設置於大閘左下方的兩米高鐵門，魚貫地進去。

跨過門檻的人們都垂頭喪氣，如輪候處死的戰犯。

相反，姑媽反應迥異，一想到終於能夠擺脫高夢麟，恢復昔日平靜的生活，她就忍俊不禁。

「快進去！」她催促地說。

高夢麟提起行李，走近鐵門。到半途，他駐足回首。姑媽不覺一怔，以為他要道別，然而非也。他就站在路中央，動也不動。見狀，沿途的學生都讓路，如被分裂的紅海般，不敢阻擋高夢麟的視線。彷彿他身上散發著危險的氣息，迫使人們服從。

高夢麟站在原地抬頭，看鉛色雲朵壓下來，似是要哭泣。看完之後，他轉身，一直線走進死囚的籠子裡去……

姑媽雙手合十，不斷向無名之神祈禱。

「請不要再讓我見到他，請叫他永遠消失，還我真正的丈夫……」

＊＊＊

進門的學生都必須受另一重洗禮。四位訓導老師在門前待機，站位為男、女、男、男。他們軍官式地排成一列，正審視各人的儀容打扮。幾位化妝過濃的女生被當場抓住，訓話、記名。一些男生則因行李過大，而被檢查攜帶品。

高夢麟局外人似地，橫眼掃視眾人，正打算走向深處時，被人截住了。

「同學，等一等。」

出現眼前的是一名身穿間條襯衫、戴黑框眼鏡的老師。傳統書呆子造型，但身子高，肚腩稍凸，大概已年近四十。下巴有一顆黑痣十分突出，使人過目難忘。

那位老師——鄭海濤俯身，窺視高夢麟那被長劉海擋住的臉蛋。

「你……是男生嗎？」

高夢麟默不作聲。

「給我你的學生手帳。」

雖然是以請求的語氣說話，但鄭海濤未經高夢麟同意，已擅自搶過行李包，從裡面掏出學生手帳。翻閱之後，鄭海濤把它塞回包中，道：

「你是男的，頭髮不會太長了嗎，這對衛生和形象都不好，需要剪掉，跟我來。」

鄭海濤拉起高夢麟的手腕，領他往偏離正道的方向走去——

高夢麟以約一秒時間，分析他的身分。從胸前的別針，可得知鄭海濤是訓導老師的一員。他說話有條有理，皮鞋表面又黑得發亮，經過其他老師面前時，更得到他們微笑、點頭，如此備受尊重，想必在校內是有權有勢的人。

「我帶這位同學去理髮，麻煩你們暫時頂替一下。」

鄭海濤向其中一位訓導老師交代之後，帶高夢麟進入主校舍旁邊的建築物。

***

高夢麟跟隨鄭海濤，步入教員室旁邊的空置房間。

兩張皮革製的三人座位沙發，呈平行線對放著。雲石茶几上，擺放著一塵不染的陶瓷水果盆，想必是用於接待來賓用的客室。可今天是開學前一天，固然沒有來客。於是，空置的客室就暫時被訓導組借用了。

高夢麟看看地面，發現自己踏著幾束烏黑的頭髮。轉動鞋跟時，落髮與地面摩擦，發出「沙、沙」的聲響……

「你，坐這邊。」

鄭海濤向呆站門口的高夢麟招手，命令他坐到面向門扉的一張木椅上。那與客室格格不入的課室用木椅。

高夢麟如扯線木偶似地，吊起背骨走向他，坐下。

這所學校位處荒山野嶺，理所當然地，一般理髮師不會長途跋涉前來。加上學校的一切，均以節省經費為大前提，自然不肯額外聘人。故此，這種場面多由老師親自出馬。

任教十多年，身為訓導老師之首的鄭海濤，對此已是熟能生巧。以梳子整理髮絲的手勢，亦如專業理髮師般純熟。

把一把亂毛梳了一遍，鄭海濤從房間左手邊的茶杯櫃櫃面，拿起事先準備的剪刀。然後看也不看，就大刀寬斧地，開始剪去那過長的髮尾。

鄭海濤那雙沒神的眼睛告知高夢麟，他的思考正處於停頓狀態。像是修剪後園裡胡亂生長的雜草一樣，隨意地剪掉多餘的部分。全然不理會髮型整體的平衡，以及當事人的感受。

假若對象是女生，一定已哭不成聲。然而，高夢麟雖然長有女生的外表，但內心卻一點也不脆弱。也許説不上是堅強，但至少不是弱不禁風。他既然擁有中性的外觀，內在也自然不能分辨是男是女。自失去童真的那一天起，界線已變得模糊不清。

高夢麟凝視前方的虛空，彷彿是具沒靈魂的軀殼，把自己當作理髮師練習用的假人頭。理髮期間，鄭海濤時時粗暴地拉扯高夢麟的頭顱，迫使他把臉擰向他要的方向。

十分鐘過去。一束束長髮猶如幸福的時光，飄散一地，等待誰人來收拾。而高夢麟的真面目，亦終於要暴露人前……

鄭海濤看見頭髮長短已差不多，於是作最後修整，走到高夢麟面前說。

「閉上雙眼。」

高夢麟沒有應聲，卻乖巧地聽從指示，閉上眼簾。

厚重的劉海，隨兩塊刀片碰撞，清脆落地。由於利器和他的眼球十分接近，鄭海濤亦聚精會神，不希望有任何差池。

逐漸，他看清高夢麟的長相。白皙幼嫩的肌膚，毛筆般濃密的眉睫，白裡透紅的腮幫，櫻桃紅的嘴唇。

剎那間，鄭海濤的心臟如中了重拳似地，猛烈跳動起來。實在難以相信，眼前有如此完美的人，那是令人遺忘性別的一種美。

鄭海濤愣住了，不禁心想：「如此漂亮的東西真是人類嗎？」

他甚至懷疑高夢麟是否有呼吸，是否活著。

頃刻，鄭海濤似是墜入了五里迷霧，被高夢麟的氣味四面包圍。那氣味，恍如使人產生幻覺的有毒孢子，每吸入一點，都令人失去一點理智。

閉目的高夢麟雖然失去了視覺，但他對鄭海濤的一舉一動非常清楚。

五感是最不可靠的，當走進危機，只有人類最原始的直覺才能作用。然而，人們通常都忽略這點，試圖靠騙人的視覺走出迷宮，結果是徒勞的。或許，這才是人類的盲點。

看不見，等於能看見一切存在，與不存在的。

高夢麟能夠感受到鄭海濤的情感波動，那不是憑五感得知的。

***

開初對高夢麟的粗魯態度，此刻已煙消雲散。

鄭海濤好像故意拖延時間似地，一根一根，仔細地修剪著高夢麟的劉海，並同時欣賞他的容顏。

現在這裡，只有他倆。不用在意老天爺的目光，不用恐懼一般人的鄙視，更不用受良心責備。他是這小小空間的主宰，可以任性。何況，光是想像不能入罪吧？

想到這裡，鄭海濤的罪疚感隨即消失。

可人類就是有把幻想化作真實的力量，不論好與壞，終有一天，統統都會成為事實。

鄭海濤彎下身，把臉湊近高夢麟，他渴望看清每一個細節。如參觀藝術館的小孩，得知那東西十分珍貴，就會有想觸碰的慾望。

欲罷不能，鄭海濤以指尖戳一下高夢麟的唇邊。年青的他，皮膚充滿光澤且富有彈性。

鄭海濤深呼吸，從上到下，打量安坐椅上的高夢麟。眼睛猶如被蒙上布條的高夢麟，理應對鄭海濤那色瞇瞇的目光毫不知情，似乎一切也可以由他擺布，為所欲為。

鄭海濤暗忖，這是必然的。他是訓導老師，要是有誰敢違抗他都一定沒好下場，學生只能夠屈服。

但是，他還沒有察覺，高夢麟和其他學生不同。他有第三隻眼睛——心眼，還有沒人可猜透的腦袋。

你以為能操控他，只不過是痴心妄想。

***

鄭海濤回顧過往每一年，當看見漂亮的新生時，他都會為之心動。豈料今次面對高夢麟，與之前的截然不同。這心跳的感覺，竟像初戀似的。

是的。猶如時光倒流，在鄭海濤的精神仍未被污染的時候。他情竇初開，只有待在漆黑的獨房中，才敢幻想與意中人待在一起……

鄭海濤不可思議地，端詳高夢麟。

他高雅純潔，卻又妖艷眩目；他似乎可被所有人擁有，卻從來不屬於任何人。如此神秘，擁有兩面性的他，彷彿就是大家的夢中情人。他能迎合任何形狀的洞口，如變化自如的流水，暢行無阻。

正在此時，幾根碎髮掉到高夢麟的鼻尖上，鄭海濤立刻拿出紙巾，幫他擦拭，似乎不能忍受那完美的臉孔有丁點瑕疵。

擦著，擦著。他忍不住把剪刀收進褲袋，直接以指腹撫摸，描繪高夢麟的輪廓。可是，美夢如花瓶被突然打破，裝滿在裡面的噩夢傾瀉一地——

此刻，高夢麟睜大雙眼，以銳利的目光刺進鄭海濤那雙迷失的眸子。

「嗄！」鄭海濤大叫一聲，突如其來的拘束，使他驚惶失措。

「我叫你閉上眼睛！直至我叫你再次張開之前，你也應該繼續！」

鄭海濤老羞成怒，大吵大嚷。

「老師。」高夢麟以沙啞的聲線，說。然後他伸出左手，撫摸鄭海濤的臉龐。沉迷來自高夢麟的觸摸，鄭海濤快要深陷其中，卻生怕被發現真正想法而漲紅了臉。

正當鄭海濤要喝止時，高夢麟也收手。這樣他才發覺，高夢麟不過是想除去黏在他臉上的髮碎罷了。因緊張過度，額角滴汗的鄭海濤完全沒察覺。

鄭海濤神經兮兮地瞟看高夢麟，他紋絲不動地回望他，靜候髮落。

「……剪好了，出去。」鄭海濤背對著他，佯裝在整頓用具，道。

「你要趕快學會自己剪頭髮，我校可不容許男生留長髮。老師我很忙，沒空應酬你……」

鄭海濤惶惶然回頭，見高夢麟仍坐在原位。

他嚥下唾液，然後，疾言厲色地吼叫：

「完了還不快滾！」

如此言畢，鄭海濤不待高夢麟動身，便逃也似地率先出去了。

被遺下的高夢麟，目不轉睛地看著逃之夭夭的人。他魯莽地衝進門外一片晨光之中，融化了身影。

「……自取滅亡……」

——窗外的秋風彷彿在呢喃。

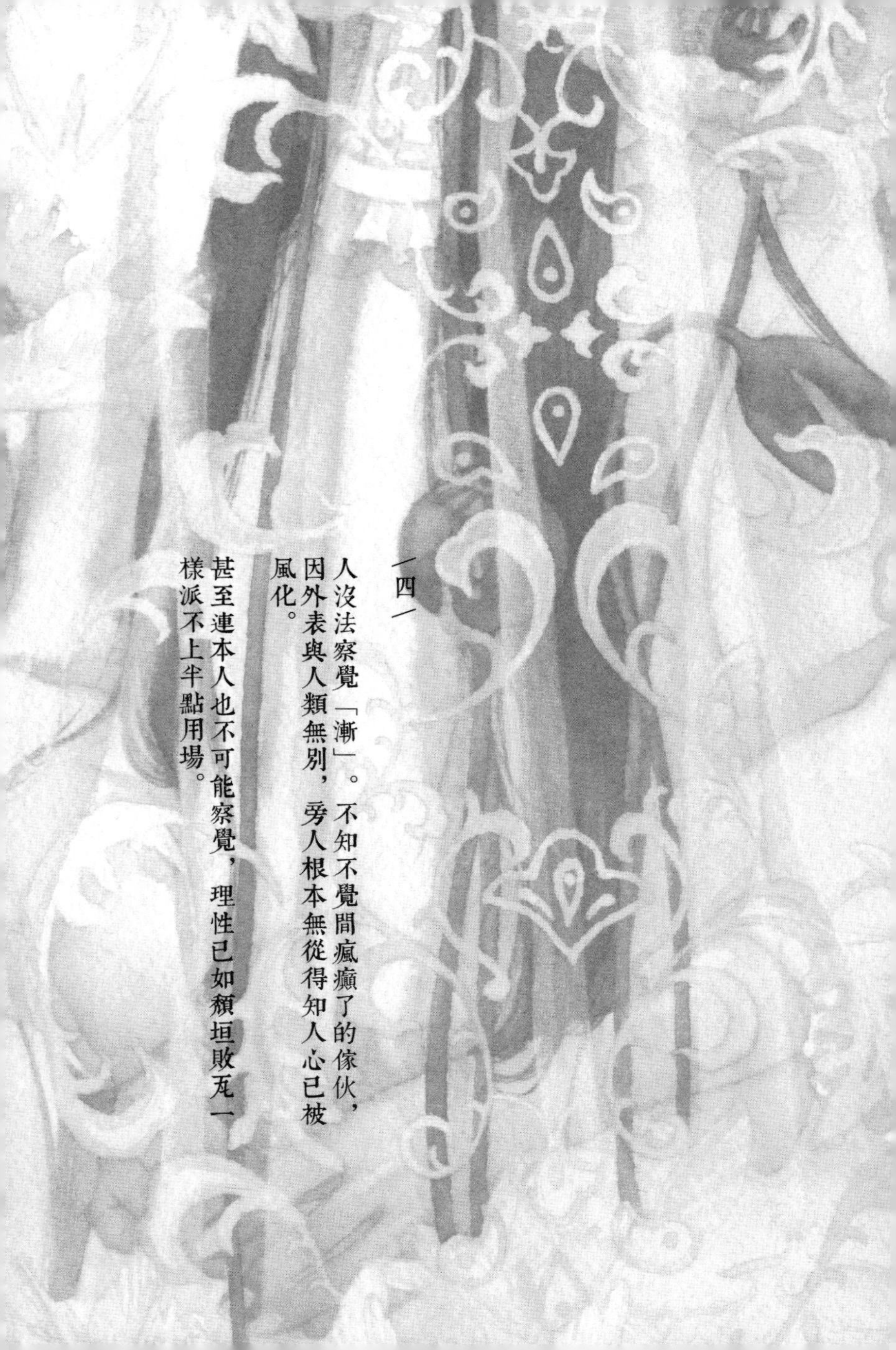

／四／

人沒法察覺「漸」。不知不覺間瘋癲了的傢伙，因外表與人類無別，旁人根本無從得知人心已被風化。

甚至連本人也不可能察覺，理性已如頹垣敗瓦一樣派不上半點用場。

有光必有影。人類卻往往只希望看見光明一面，逃避所有醜陋的、骯髒的。

在大部分人眼中，高夢麟熠熠生輝，比世間任何東西都完美，甚至超越神明所創造的一切生物。

然而，他們大都看不見在那片光明背後，背負著多大的黑影。有時候，身體承受的光，和腳底的黑影，可能不成正比。當他回頭，也許會發現龐大得足以吞噬自身的影子，依附在下。

假若能像太陽那般，發光發亮，那就能驅逐黑暗。可誰也無法決定出生，高夢麟生來就是月亮，只能靠太陽的光輝照耀自己。

對他來說，那太陽就是母親。從他出生那天起，經歷十五個春夏秋冬，她一直也是高夢麟心中的太陽，是他的支柱。

迄今為止，高夢麟活下去全為了她。即使身心俱疲，變得如行屍走肉般，他仍延續著性命，希望能再見她一面。

縱然是駭人聽聞的殺人犯，亦一定以某重心為軸行動。像是宇宙間的恆常定律，受引力牽引的兩人，會一直保持一定距離的轉動，如在跳一場華爾滋舞。如今，他只能獨舞。

＊＊＊

劉海齊如直尺的高夢麟，慵懶地坐在窗檯上，看著前院一群小子，整治一名剛被訓導老師理完髮的男生。那男生被剪了一個冬菇頭，十分難看，因此受到校園惡霸及其黨羽的追打。

同樣被剪了頭髮的高夢麟，倒沒有違和感。

修得太短的髮尾，與一字型的前髮，反而令他增添了幾分秀氣，成為配得上「眉清目秀」四字的美少年。感覺所有髮型和服裝，在他身上也會奇蹟似地發揮出最大優點。

投射在牆頭的光斑漸漸放大，不用上學的清晨，大家都外出玩樂，宿舍房間內一片寧靜。

高夢麟收回視線，翻開擱在大腿上的一本圖鑑。每翻一頁，都有一種奇花異草展現眼前——

突地，叩門聲把注意力移開。

高夢麟沒精打采地抬頭，聞聲望去。發覺同班同學吳悠來就站在外面，尷尬地咬唇。看他那樣子，似乎已佇立門外好一陣子，只是不敢貿貿然向他搭話，而躊躇不前罷了。

兩人之間，籠罩了難堪的沉默。吳悠來如缺水的魚兒，嚅動嘴巴一會兒，方鼓起勇氣開口。

「對不起，我向朋友打聽了你住的房間。」

高夢麟沒有回話，直視他。

「原來你和周凌是室友……我之前都不知道啊……」吳悠來習慣性地摸一摸後頸，問：「我可以進來嗎？」

高夢麟無視他，低頭繼續閱讀。

吳悠來視之為默許，踏進房間，順手想關門，但他突然想起甚麼似地，最終把門半關，留下一道隙縫。

「開學一星期了，明明是同班但一直沒機會攀談⋯⋯還記得我嗎？在鐵路站的男廁我們見過面。一開始我沒認出你，因為你換了髮型。我沒有說謊，從第一眼見到你我已覺得似曾相識。直至再看見你穿這件衣服，我才肯定是你。」

高夢麟蓋上圖鑑，看看自己，身上正穿著寫上「A Midsummer Night's Dream」的短袖圓領汗衫。他們初見時，高夢麟正是穿著這件。

吳悠來如坐針氈地說：「其實⋯⋯我就住在樓梯上來左手邊數去第三間房，離這裡很近⋯⋯」

「為甚麼告訴我？」

高夢麟以輕薄的嗓音說。吳悠來心想，他說話的聲音如風鈴，帶著一股清涼感，與想像中的一樣，很好聽。

「因為我覺得和你很有緣，所以想和你做朋友⋯⋯」吳悠來期期艾艾。

「你想我去找你嗎？」

高夢麟從窗檯下來，走到自己的書桌，把圖鑑放在桌面。

吳悠來追視他的一連串動作，難為情地扔下一句。

「抱歉……打擾了你。」

說罷，吳悠來無視高夢麟那幽怨的眼神，轉身就走。

＊＊＊

不知為何，高夢麟那一張臉，給人一種傷感，像是世上從沒有東西令他笑過，吳悠來無法置之不理。

其實他沒有理由去管人家的事，但高夢麟看似深不可測，使他難以自拔，想更深入了解。有人會說，這叫「自甘墮落」。

木無表情的高夢麟，訴說著一個殘酷、無色的故事。然而，映照在他瞳仁裡的黑，似乎深淺不一。

他有他的世界。

吳悠來憶起高夢麟剛才翻閱的一本花卉圖鑑，不由設想，在他的眼中花朵是甚麼顏色的？

根據理論，假若沒有陽光折射，萬物都會失去色彩。吳悠來只希望自己能成為那點光，即使只是丁點兒，亦能令高夢麟窺視到活著的美好。

不容否認，吳悠來對於鐵路站男廁內發生的事件，仍念念不忘。昨晚睡覺之前，他臥在床上，不斷回想高夢麟當著他面脫下褲子的一幕……腦內重播已有十多遍，可那場面還是揮之不去。

與其說是心理陰影，倒不如說是在回味。和自己的身體有著同樣構造，卻不能盡言是一模一樣的器官，使他心跳加速。

可能因為那次失誤太羞人，所以才印象深刻吧。此時的吳悠來，只能如此解釋自己的情感。

實在說不出口，自己沒法遺忘。即使是上課，吳悠來的視線亦不由自主地投向高夢麟坐的位置。其中一個原因是高夢麟的座位在他正前方，這樣聽課的視線很容易與之重疊。另外，還因為昨天想和他交朋友卻被回絕了。

近在咫尺卻得不到手，這是最令人心癢的情節。

吳悠來不過想利用同性之間的友誼，來滿足好奇心，但也許光是想接近他，已是狼似的野心。即使能親近高夢麟的身邊，可他的內心卻長滿荊棘。

帶刺的玫瑰。如何可以解除那防禦網？

吳悠來咬著原子筆頭，迴視周遭，看見其他沒專心上課的學生，有男有女，視線似乎都停留在高夢麟的方向。

大家都在眺望他，他猶如一株不可接觸的危險植物。有時候，高夢麟不過是動一動喉結，低垂眼皮，亦足以令人目眩神迷。

有人說，高夢麟比女性更神聖不可侵犯，更具魅力。

確實如此，吳悠來很難舉出校內有哪位女生比他綺麗，他就像偉大的神散發耀眼聖光。

說來奇怪，明明高夢麟是發育期的少年，理應開始散發男生獨有的粗獷，但他卻給人一種潔淨感。吳悠來把自身和他比較一下，發現他的舉止動靜中，蘊含著一點媚態。既清純又色情的兩種形象互相衝擊、融合，簡直矛盾至極。

或許，這就是高夢麟之所以神秘的原因。

＊＊＊

午飯時間。周淩吃飽了，閒著沒事做，又開始欺淩那冬菇頭男生。

他命令同黨從後挾住冬菇頭的雙臂，避免他逃跑，然後拿黑板的粉筆刷，壓到他的臉中央，壓至鼻頭扁平。

下一秒，冬菇頭吸入大量粉末嗆住了，大聲咳嗽，頓時惹來周遭的爆笑。

一些學生覺得無關痛癢，懶洋洋地探頭過來，遙遠觀看。

在這只有孩子的天地，孩子就是王法。反正，大人和監督生開一眼閉一眼的，其他人自然沒甚麼好投訴。何況他的頭真的剪得難看，被取笑很正常。

吳悠來無視群毆活動，走出走廊，左顧右盼地尋找高夢麟的身影。從午飯時間開始他走出課室，到現在仍未回來。

毫無緣由地，吳悠來憂心忡忡，彷彿不把他放在視野範圍內就會坐立不安。他開始在校內亂逛，搜索他。

是因為看見周淩在打人，而擔心起來嗎？

吳悠來心亂如麻，在走廊盡處拐彎，奔下樓梯。

幾個女生擦身而過之際，傳來微弱的談話聲。吳悠來本想忽略掉，但耳朵卻因捕捉到與高夢麟相關的詞彙，而不禁豎起來收聽。他在樓梯的轉角處停步，聽女生們邊說，邊邁步向上。

「那特別漂亮的男生是甲班的，姓高的那個。」

「他是不是有病？面色總是那麼蒼白。」

「那是病態美……」

距離太遠，快聽不到了。吳悠來躡手躡腳地，趕緊追上去，但保持距離，以免被她們發覺有人偷聽。三人繼續議論。

「我以前和他上同一所中學，只是沒談過話。」

「那時候性格已經很怪嗎？」

吳悠來摸著扶手，腳踏梯階，視線放前。

「他家很出名，有一段時期他母親的名字常常登頭條。」

「是名人？」

「沒聽說過嗎？他媽媽是殺人犯，現在入獄中，所以他才要入讀這所學校。」

「家家有本難唸的經啊。」

「我也想父母殺人呢，那到十八歲時我就能獨居了——」

聽此，吳悠來止住腳步。如此輕率的發言，她們竟然說得出口。吳悠來為了不發出足音，放輕步伐，而她們則多爬上一層。此刻止步不前的吳悠來，瞪大雙眼，整個人靠在樓梯扶手上。感覺頭重腳輕，因他剛知道了驚天動地的秘密。

高夢麟的母親是殺人犯？那麼，他有目擊過兇案現場嗎？母親殺人的動機為何？殺了誰？

一想到這些不幸統統發生在他身上，吳悠來就不得不憐憫。年紀雖小，但經歷過的也許比成年人更多，想必是如噩夢般恐怖的經驗。因災難接連發生，高夢麟才變得表情匱乏嗎？

種種事實浮面，令吳悠來不由湧現一股使命感，驅使他繼續尋找高夢麟的去向。

＊＊＊

正午的光暈下，高夢麟躺在草坪上，姿態如入土為安的屍體。夏季即將結束，曾經盛放的花朵都凋謝了，不留痕跡。荒涼的後花園，長滿了長短不均的野草，放眼望去根本分不出哪些是花。

一個人，不代表孤獨。

一個人，才可以獨享寧靜。

然而，高夢麟不知道自己想要的，究竟是不是這些。

看了一個小時的天空，悶得發慌，他難以想像母親在獄中只能靠仰望天際來懷念自由。一片藍，一片灰，一片白，除此以外他看不出趣味之處。即使是鳥兒，大概也有厭倦飛行的時候吧？

悄無聲色的影子徐徐接近高夢麟，他還未察覺，一把熟悉的叫聲已刺入耳鼓。

「高夢麟！高夢麟！」

被呼喚全名，大多數人都會深感不快。

但是，沉悶的高夢麟則視之為娛樂。他沒有起身，平躺著，看來對方因茂盛的野草而看不見他的所在。

高夢麟屏息靜氣，為免打草驚蛇連姿勢也不改。

「在嗎？高同學！」

叫喊於校舍大樓的牆壁反彈，變成回音，重新進入耳中。

「不在呀？……」

那人自言自語，似乎要放棄。正當他要打道回府時，高夢麟挺起上半身，完全不靠雙手支撐，單憑腰力坐了起來。

猶如雲朵施展了魔法似地，一柱陽光穿過浮雲照射到草坪上，把高夢麟塑造出來。

吳悠來目擊此幕奇景，一陣感動而渾身發抖。

他的外形。高夢麟就像炎夏的冰塊，介乎固體與液體之間。光與影的模糊界線描繪出

高夢麟獨個兒，於綠油油的荒草上起坐，映在吳悠來眼中，如旭日初升。高夢麟是萬綠叢中一點紅，在吳悠來面前上映了一幕快鏡重演，讓他親眼目睹花的綻放、凋零。

「獨自盛放不孤獨嗎？」

——吳悠來的心坎，一把陌生的聲音在呢喃，在問這個不切實際的問題。

看上去雖然孑然一身，但高夢麟似乎不需要朋友，也沒有人能夠成為他的知己。他來者不拒，但當你想深進一步，又會變成立入禁止、生人勿近。

宛如此刻，他倆雖以視線連繫彼此，心靈卻相隔一段遠距離。你前進，但看見的也許只是海市蜃樓。

「縱然如此，依然想接近他。」

——彷彿在尋找撲鼻而來的清香的源頭，吳悠來腦內一片空白，依照本能

往前，走向高夢麟。

人。

冰肌玉骨的他，把左手架在立起的左膝蓋上，優雅地扭著頭，斜睨走近的

「我聽說了，你的母親殺過人？」

近看，高夢麟唇紅齒白，皮膚細緻得幾乎沒有毛孔。曾幾何時，吳悠來試過在極近距離觀看一朵花的紋理，上方沒一點皺紋和圖案是不完美的。高夢麟如是。

「害怕嗎？」

高夢麟那如風鈴似的嗓音，此時給人一種涼薄的感覺。

「可是，我還是想和你交朋友。雖然我沒有堅持的理由，但你不應該寂寞。即使媽媽是殺人犯，我也不相信你會是那樣的人。」

愈美麗的東西，愈容易壞掉。吳悠來想和高夢麟交朋友的原因，大概是一

樣吧。因害怕高夢麟會在粗暴的激流中粉碎，所以想保護他。可是善意化作惡意，易如反掌。天真的他還不清楚……

「你只看到片面。」

「甚麼？」

吳悠來不禁咧嘴而笑，光是能夠和高夢麟對話，已令他眉開眼笑。

「你——」

「叫我悠來。」

高夢麟無視他的補充，續道：「你認為人最難察覺的是甚麼？」

「最難察覺……？」

猶如在玩解謎遊戲，單純的吳悠來摸著下巴，拚命動腦筋。

「是『漸』。」

「很有哲學家風範呢。」

沐浴在陽光之中的兩名青年，散發著旁人無法直視的彩光。然而，當風起肅肅，烏雲蓋頂，此片荒野將頓時變成災難現場，荒蕪恐怖。

輪廓分明的高夢麟，以細如絲的眸子望向坐在身邊的人，說：

「人沒法察覺『漸』。不知不覺間瘋癲了的傢伙，因外表與人類無別，旁人根本無從得知人心已被風化。甚至連本人也不可能察覺，理性已如頹垣敗瓦一樣派不上半點用場。」

聽畢，吳悠來呆怔半刻鐘。

「太深奧了，我是笨蛋聽不懂……你說誰？」

方才迴光反照似地，時而清醒，時而昏迷的高夢麟再一次倒下去。

他仰臥在草兒的野香之中，放空了心神。

深怕他不會再甦醒的吳悠來，溫柔地搖晃他的肩膀，叮囑。

「欸。別睡了，一起走吧。」

「鏘」——上課鐘聲及時地響起。

/五/

瞧，這兒開遍了百合花，即使少了一朵亦無人察覺。
當只有一朵，你才會慎而重之地對待，怕它會輕易
壞掉，怕失去它。但當有成千上萬，你就不會稀罕
這一朵。

有人在暗處咆哮，猶如對滿月嗥叫的豺狼。瘋狂的男人，似乎被困於窘迫空間，為爭取一點氧氣而竭力擺脱。

舞動的四肢製造出無數幻影，映在粗糙的混凝土上，酷似黑白西片中的犯罪場面。強悍的犯人撲向目標人物，令受害者禁不住尖聲大叫，揮動雙臂。

其後影子二合為一。緩慢地，如兩個不同拍子的節拍器同步化一樣，開始合作地向同一方向撞擊。

一次又一次……兩個影子把身體重疊。

高夢麟途經男子宿舍後門，發現有一對奇妙的身影，於是走上前。發覺一男一女待在一起。

男的弓起背脊，好像怒不可遏的貓兒，豎起全身汗毛嚇唬敵人，逼使身下的她甘拜下風。

而女的，把爪子放在男的頭上，深深插進髮根拉扯起來。另一隻爪子則放在凹凸不平的地面，如溺水者死前掙扎，五根指頭伸展、拉緊，重複抓挖動作。

高夢麟以冷冰冰的眸子觀看這一幕。

前後運動的頻率，隨著雙方亢奮到達最高峰加速。唯獨此刻，自稱是地球主宰的人類會完全把身心交託給自然，恢復獸性。任由對方高呼、抓狂，做出平日不可能做的一切表情。

蓄積已久的慾望在抽插之間盡情釋放。女的反腰向上，沒完沒了的快感使她身體微弱痙攣。男的平靜地喘氣，把深鎖的眉頭解開。

方才被眼前的快感衝昏頭腦，回歸冷靜，男的終於察覺身後有人注視。

周凌回眸，與木頭人似地、站在五米以外的高夢麟交視。

經過一陣沉默，高夢麟甩臂離去。

＊＊＊

人的身體，真如機械一般。

被慾火纏身，找對象填補心中空缺。不久，又泛起紅潮，為滿足飢渴再次四出覓食。宛若不斷跳動的時鐘，重複著十二小時／七百二十分鐘。又如每天製造數百個倒模的工廠，沉悶卻從不停歇。

高夢麟大步向前。記憶如惱人的蒼蠅，再一次擾亂他的思緒。腦海那鏡似的表面，剎那間泛起一環環漣漪……

父親對母親施暴的畫面，至今仍歷歷在目。

他的手，有時用巴掌，有時用拳頭，把高夢麟母親的臉龐作為靶子。猶如害怕久久不用會生疏，他一星期總有幾次會把她當作對象操練。每次攻擊，都為毫不還手的母親臉上增加瘀青。

手累了就用腳，不間斷。

當父親氣消了，走了。

高夢麟愛惜媽媽，卻又會偷偷欣賞那些瘀傷，紅紅紫紫，形狀不一，像林林總總的花遍布全身，開滿一大片。

然後，高夢麟躲在臥室，邊詛咒父親，卻邊回味長在母親表皮的簇簇花束，偷樂一番。連他自己也不太懂，這小小的腦袋內，似乎同時存在天使與惡魔。

***

高夢麟回房中。進門那刻，周淩床頭的鬧鐘忽然響起，使他心中一凜，看來周淩出門前忘記關掉。

高夢麟走過去，把鬧鐘關好。走向書桌，坐下，從抽屜拿出一本「生活記錄簿」。

由於是寄宿學校，學生長時間與家人分開，為避免他們在心理上出狀況，校方規定每位學生必須書寫生活記錄，記下校園生活的細節。以記事形式和班主任交流，以作監視。

與此同時，解決了需要的周淩，勢如破竹地進來。那因顴骨和腮骨突出而帶稜角的臉孔，加上分得很開的五官，令周淩看上去充滿煞氣。難怪全校的人都怕了他，才入學一星期，他已穩健地建立起自己的勢力黨派。

可能是一些餘韻仍殘留在周淩體內，他像醉漢般傻笑著，一步步走近高夢麟。

高夢麟安坐位上，連頭也沒扭過去。

周淩以歪歪斜斜的步姿，來到高夢麟的左手邊。喘噓噓的，吸一下鼻子，拭去滑落鼻翼的汗珠，然後左手壓在桌面。面向高夢麟，無聲地宣示著存在感。

高夢麟沒佯裝在看書，也沒給反應，默然凝視前方的牆頭，似乎在看那兒一片滲水的痕跡。

好一陣子，周淩靜止不動。他不斷探頭端視，觀賞高夢麟優雅的側臉。看著那白陶瓷似的肌膚，他大概是忍不住了。以騰空出來的右手，托起高夢麟的下巴。

高夢麟露出不屑的表情。

周淩直視他，不但沒有生氣，反而「噗」的一聲笑出來。他抱過高夢麟的頭顱之後，轉身直向床鋪走去，一栽頭就昏睡不起了。

鬧鐘設定的是上床時間。會有人連睡覺也忘了嗎？

高夢麟冷眼瞟看放在案頭的鏡子，裡面反射出熟睡中的周淩。突然，一陣噁心感湧現。

方才周淩碰他的手指，上面還殘留著性愛的氣味。在他身上每一寸皮膚，彷彿都充滿那女人留下來的隱形抓痕。只有高夢麟看得見，現在的周淩呼出每一口氣都是污穢的顏色。

＊＊＊

人在世，必須忍受循環不斷的噩夢。

那天——

當姑丈的手第一次探進他上衣時，說實話，高夢麟真的嚇了一跳。這感覺顛覆了他十多年來的常識，再也不能保持冷靜了。

牡丹紅的臉頰，濃密的睫毛，纖長的手足……所有神賜給高夢麟，作為祝福他誕生的禮物，此刻全成為引人犯罪的元素。

大概連姑丈本人亦沒想到，竟然有這樣一股慾望埋藏在心底。要他面對秀色可餐的美少年，等於要飢腸轆轆的老虎忍耐放在眼前的肥肉。

把聳起肩膀的高夢麟橫抱起來，推倒在床。發育期中的他，和少女沒兩樣。粉嫩的皮膚，散發出嬰兒般令人舒服的氣味。

姑丈禁不住，撫摸簌簌發抖的童子，姑丈貪婪地吸啜那香軟的嘴唇。與中年女人不同，高夢麟的口腔有股獨特的清新。

吞尖像蛇，潛入高夢麟的喉嚨，突然，他因不適應而呻吟起來，無意中更刺激了姑丈抑制多年的慾念。

以男為女，非常簡單，只要把他當作未發育的女孩就是了。

高夢麟的母親是個漂亮的女人。好幾次家族聚餐上碰頭，姑丈都不禁盯看著她。所以，她生下的孩子也如此鮮嫩欲滴。高夢麟還小時他沒有察覺，天下間竟有如此可人的男孩。

如今為了得到他，已經快要發狂了。

「唔……唔啊……」

沒有潤滑的部位，緊繃不已。可高夢麟的痛苦叫泣，只會令姑丈更加想侵佔。

「噓，別叫出聲。」

姑丈摩擦著高夢麟的身體，希望他放鬆開來，但在不情不願之下，他根本不可能享受過程。

情急之下，姑丈直接戳刺入內。內壁撕裂的感覺傳遍全身，高夢麟臉伏向下，手抓緊被子大叫。

「啊呀呀呀……」

「噓噓噓……」姑丈氣喘著說，「不要叫，不要叫。」

那嗓音柔情似水，實在難以想像聲音的主人是強姦犯。血絲滲出。姑丈體內的魔性經已爆發，再也無法制止。

那一刻高夢麟感覺連靈魂亦被貫穿了。

有了這開始，噩夢注定延續……

＊＊＊

聳立在校舍旁邊的別棟，地下有一花圃，種植著不合時宜的橙百合。以時下的科學技術，即使不是花期亦能操控開花的結果。

然而，人又何嘗不是一樣？在歲月的催促下被逼開花，引來無辜的昆蟲。

高夢麟呆站在杳無人煙的角落，細看怒放的花兒。

被雄蕊團團包圍的雌蕊，其柱頭中央凹陷，滲漏出透明的黏液。用食指戳進那狹窄得難以進入的洞口，指肉變得濕潤光滑。輕輕放手，花柱反彈搖晃，返回原來的位置。

表面上並無大礙，但說不定百合裡頭，已因高夢麟如此動作，而分泌出各種未知的物質。

曾經在某本書上讀過一段：

「植物比人類想像中更敏感。只是風吹，或者移動一下盆栽，亦會給予植物刺激，所謂外來壓力。」

高夢麟的心，和這株植物十分相似。經過接二連三的騷擾，內心已經傷痕纍纍了。之後再受身體折磨，身心已臨近滅亡邊緣，終將崩潰。

從花冠延伸出來的雄蕊和雌蕊，與一般花朵構造相同，沒甚麼出奇。可假若把花比喻為人，那就等於同時擁有男女兩方性器官的人。

縱使性別是男，高夢麟早已被那些人視作雌雄同體似的存在。

中性美——大家都愛這樣形容。

然而，這不過是一瞬即逝的美。如曇花，即使羽毛似的白色花瓣多麼清麗，配得上月下美人的稱呼，但開花只得大約四至五小時，而且通常在深夜悄然溢出芳香。

大概由於它美得連神也妒忌，所以只賜給它短暫的生命。亦或許，它美得足以令人過目難忘，因此不需要長時間逗留人世。

猝然，心痛如狡……高夢麟右手包住一朵橙百合，左手扯掉花梗，一下子把整個花托摘下來。

「啪」——好像有甚麼東西同時被扯斷了。高夢麟皺起眉頭，用左手捂住胸口。

「這麼可惜……」有人的聲音。

高夢麟以淩氣逼人的眼神，望向聲音的方向，吳悠來就站在拐角處，監視眼前的摧花者。

為何吳悠來總是像個跟蹤狂般，徘徊在高夢麟身邊？

吳悠來步向他，說：

「花開得這麼美，你怎捨得把它摘下來呢？」

語畢，吳悠來小心翼翼地捧起高夢麟緊握的右手，拉開他那發紅的五根指頭。一分鐘前，還可愛地隨風擺動的橙百合，現在變成殘破不堪，帶草青味的汁液沾污了高夢麟的掌心。

兩人凝視著攤開的手，不久，微風一吹，花瓣從指隙飄散。微黃色的花粉仍留在那兒，傳出俗艷的氣味。

「你明明喜歡花，為何又討厭花啊？」

吳悠來仍然牽著高夢麟的手，充滿憐愛地蹙一蹙眉，問。

「明明喜歡自己，為何又討厭自己？」

高夢麟以平淡的語氣說，似乎回答了，卻不是吳悠來想要的答案。

「你真是個奇怪的人。」

「接近我的你，不是更加奇怪嗎？」

「那——」

高夢麟掰開吳悠來的手，嗅一嗅手掌的氣味。嗆鼻的百合香，有微量興奮劑作用，使人精神為之一振。

「瞧，這兒開遍了百合花，即使少了一朵亦無人察覺。」不知怎地高夢麟突然漾起笑意。

「當只有一朵，你才會慎而重之地對待，怕它會輕易壞掉，怕失去它。但當有成千上萬，你就不會稀罕這一朵。」

高夢麟如摸琴鍵般，輕快的指頭從一朵花轉移到另一朵之上。他踮起腳尖前行，步伐像芭蕾舞者。

走遠了，高夢麟回首，對愣住的吳悠來說：

「這就是神的視點。」

「神？」

「人類是細菌，滋生得太快了。從二，分裂成七十億人口，連神也猜不到人會做出這麼多人。雖說如此，祂也只能默默看人類增長。但有天，祂會覺得光是注視不足夠，始終禱告的人太少了。祂會感到害怕，人類是否已遺忘了感情？成為只顧繁殖的無智慧生物？於是祂要時不時製造悲劇，測試人類還會不會傷心，看見他們流淚了才安心。」

「哈，神才不會做那種事呢。」

吳悠來失笑了。

高夢麟在玩跳飛機似地，以跳步逼近吳悠來，來到他面前露出陰冷的笑靨。

「每個人的感受是甚麼，對擁有全宇宙的神來說，實在微不足道。」

此時此刻，兩人的臉只有三厘米之距，吳悠來語塞，只能靜聽高夢麟的話兒。

高夢麟接腔。

「我也想找個人來試一試，因為我不知道自己還有沒有情感。」

猶如跳出肉身，以第三者身分說出此話的高夢麟，臉上雖然掛著笑臉，可語氣陰森得令人心寒。

然而，愈能窺視到高夢麟的瘋癲，吳悠來對他就愈是沉迷。也許他也被那股醉人花香迷惑了，導致判斷錯誤。對於部分人而言是臭的東西，對於另一些人而言則是芬芳無比。

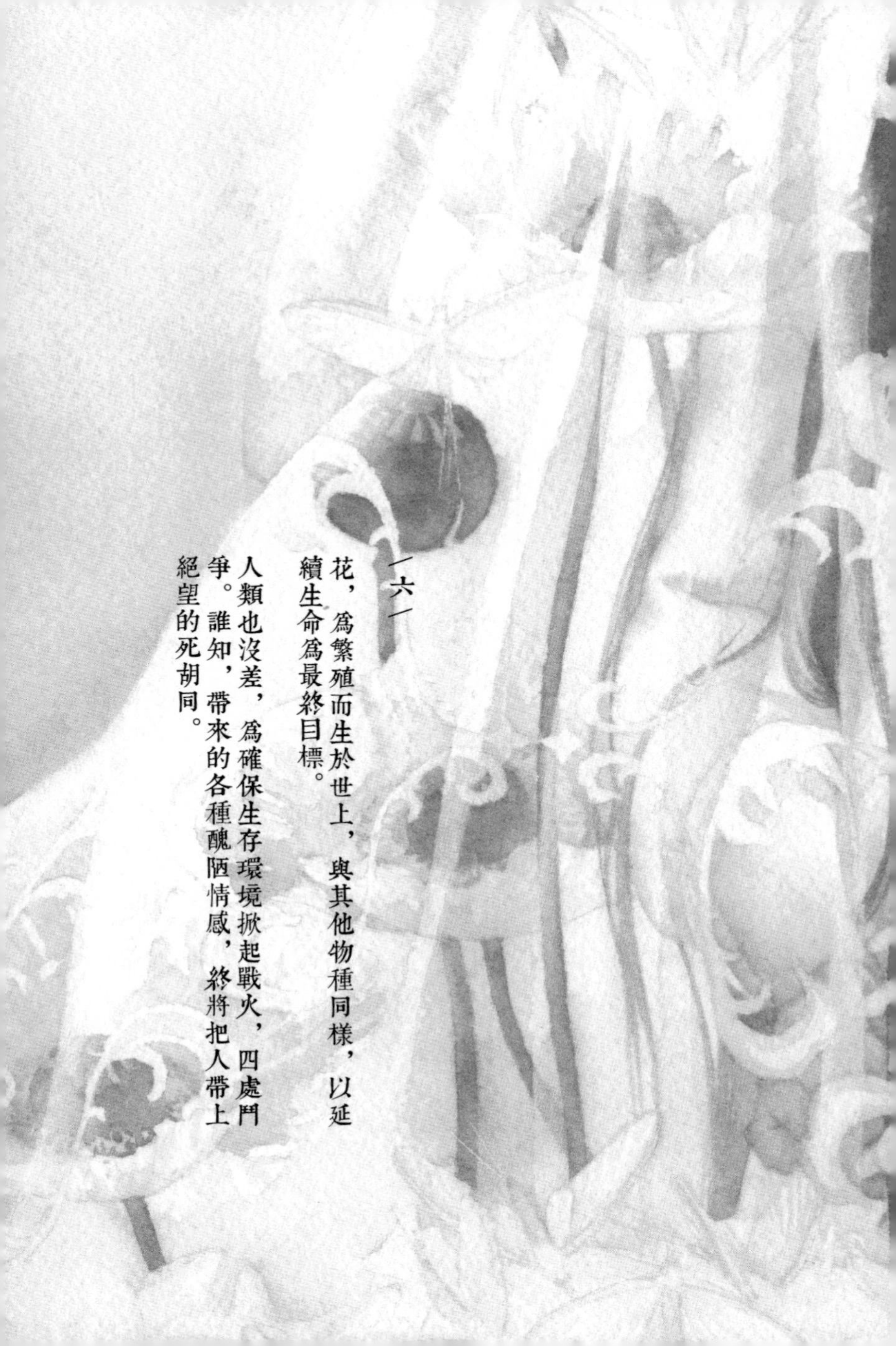

／六／

花，爲繁殖而生於世上，與其他物種同樣，以延續生命爲最終目標。

人類也沒差，爲確保生存環境掀起戰火，四處鬥爭。誰知，帶來的各種醜陋情感，終將把人帶上絕望的死胡同。

開學已有三個月。

冬天剛至，本來打開的心窗又因北風入侵而緊閉。

空氣沒有流動，令人窒息的密室內，鄭海濤站在屬於教師的黑板前——至高無上的位置，以傲慢的目光俯視班上一眾庶民。只要關上門扉，作為班主任的他就是王，有權管治這些未成年的惡童。

「現在逐一把你們的『生活記錄簿』交出來。」

鄭海濤目中無人地抬起下巴，打個響指，首先命令課室左邊第一位同學把生活紀錄簿呈上去。

坐在班房最後一行中間位置的高夢麟，以鷹似的利眼監視鄭海濤的一舉一動。即使其他同學認為他是王，而自己是奴隸，必須完全服從他以在三年後換來自由，這和高夢麟一點也沒關係。在他眼中，所有人都是獵物，全是用作排解沉悶的玩具，鄭海濤亦是。

輪到高夢麟那一行，他從抽屜掏出簿子，尾隨前面的同學走向教師桌。一些同學逆流而來，要返回座位，可是全被高夢麟的氣壓撞開，而站到邊上去，待他先上來再坐回去。

鄭海濤起初沒留意，嚴肅地回收著簿子。可他突然感到毛骨悚然，仰首，方發覺高夢麟正朝這邊走來。

一定是神的惡作劇。竟然把高夢麟編入鄭海濤的班上。還是説，是神故意製造此局面，逼使鄭海濤踏進無法自拔的圈套……

他們對視著，互相打量對方的面色。高夢麟還是用了招牌武器——板著臉示人，使鄭海濤大為困惑。相方接近大約只用了兩秒，可對於鄭海濤來説，就如經過四分之一小時般漫長。

高夢麟漂亮的臉蛋慢慢放大……

鄭海濤看那頭烏油油的短髮，一想到自己曾經替高夢麟修剪過，就怦然心跳。這少年的皮膚如積雪透白，加上臉龐微帶腮紅，黑、白、紅三色分明，實在美如畫作。

在鄭海濤被魔力怔住之際，高夢麟來到跟前，雙手遞交簿子。

鄭海濤猶豫半刻才伸出手來迎接。而接過簿子的時候，剎那間恍如傳來了電流！

鄭海濤不禁圓睜雙目，高夢麟竟然在遞出簿子之後，輕輕撫摸到他的手背。柔柔地，如青柳拂過湖面般。

止不住的徬徨與恐懼心，脅持著鄭海濤的思考力，不讓它作用。

高夢麟一聲不吭，平常不過地轉身返回原位。其他同學旋踵填補他離去後的空間，繼續向鄭海濤遞交簿子。

鄭海濤愣了愣，然後強迫自己抖擻起來，繼續工作。然而，手背還在發麻，彷彿有甚麼毒素殘留物在皮膚之上。只不過是輕輕觸碰，亦令漸趨衰老的腦袋活性化。他才領會到，這就是高夢麟的魔力。

令人回味無窮的感覺。

「好了……」心緒不寧的鄭海濤，把收集回來的簿子擱在桌邊，接著以抖動的手，慌忙地翻開教科書。

「咳，把你們的教科書拿出來，翻到第二十三頁。」

學生劈啪啦地把教科書放到桌面，同一班上的吳悠來亦與他們同調，做一樣的動作。然而，只有高夢麟慢了幾拍，提起掛在桌邊的書包，拉開拉鍊。拿出課本後，漫不經心地翻揭著。

倏忽，看見有四四方方的硬物夾在裡面，使他翻頁的動作猝然停止。高夢麟瞄了一眼，發覺夾在頁與頁之間的，竟然是四方形包裝的安全套。

他似乎有甚麼頭緒，迅速打開書包。花卉圖書和其他教科書中間，有十多個安全套，不規則地散亂在裡面的不同角落。

高夢麟知道犯人是誰，亦知道對方的含義。這來自室友的整蠱，是暗示。

＊＊＊

下課之後。鄭海濤走到一名女學生的座位前，命令她幫忙把生活記錄簿送到教員室。女學生一臉不屑地站起來，捧起兩疊中的其中一疊，與鄭海濤一起步出課室。

眼利的高夢麟當然沒錯過，看見他們離開後，他平靜地拾起書包，尾隨跟上。

兩人走完整條走廊，向較少人的樓梯走去。

教員室在上面的層數，因此瘦弱的女學生必須捧著沉重的簿子爬樓梯。鄭海濤和女學生沿途一直沒對話，但當上樓梯時，鄭海濤突然讓女學生先行。

這一定不是所謂的「女士優先」，是有所企圖。

穿短裙子的女學生聽見指示，顯然遲疑了，但被鄭海濤呼喝之下，她不得不先走。看見沉著臉的她拾級而上，鄭海濤與她保持一定的距離方才踏上去，確保那角度能窺視裙擺裡的東西。

只顧眼前快樂的他，沒察覺身後有一對琉璃般通透的啡色眸子，在目擊這一幕。

＊＊＊

空寂的音樂室裡，冬日照耀。塵土飛舞間，放學後的雜音從四方八面襲來，肆意侵佔此片樂土。一部黑色三角鋼琴，被擺放在靠窗位置。高夢麟坐在明媚的暖陽中，面對這龐然大物，不敢驚動它。

落在腳畔的書包與陽光遊戲，如頑皮的孩童，做出歪曲的影子。單憑那塊陰影，根本無法想像出它的真實面貌。

高夢麟撫著琴鍵，像與老朋友重遇一樣，懷念之情湧現。曾經何時，他生活在母親的愛裡，每天彈琴度日，十分美滿。其實從那時候起，只有音樂能安撫他，替他撇除一切厭惡的嘈雜。

高夢麟從小到大，都沒幾個朋友。不是不擅長交際，而是根本看不起周圍的人。愚蠢、天真，看不清自己活在一個怎樣的世界的孩子們。他發誓，絕不要與那些人「同流合污」。

與鋼琴作伴，曾是高夢麟最大的喜悅。

但是，舊居的鋼琴，此時已不知流落何方。而現在眼前的鋼琴，不過是對高夢麟的過去一無所知、萍水相逢的陌路人罷了。由於姑媽家沒有鋼琴，高夢麟一直沒機會練習。已經三年了吧，不知有沒有生疏。高夢麟抬起左手，放到琴鍵上。

「叮、叮」，琴音敲響了他的靈魂。

雖然只是單手彈琴，旋律單調，但高夢麟能感受到共鳴。要不是分離了三年，他根本不可能知道，自己的內心原來還是如此渴望與鋼琴接觸。

可是，高夢麟沒法彈上完整的一曲，因他突然感到害怕。今時不同往日，他已不再純潔，無論製造出怎樣的音階，聽上去總似是魔鬼的呢喃，猶如末日音樂逼使群眾瘋癲。

他再也不能夠全心全靈地彈奏鋼琴了。

「不要叫，不要叫。」

——高夢麟的靈魂之窗漸變污濁……

好像要從逆流中拯救高夢麟一般，吳悠來及時雨似地，忽然出現於音樂室的學生座位上。神出鬼沒的他，不知何時又跟蹤高夢麟來了，而且還坐到客席觀賞。

只可惜台上的高夢麟，卻不動聲色。

「你怎麼不彈？」

吳悠來愜意地坐在其中一個空位上，幻想自己在一群透明人中間欣賞他。

高夢麟一臉頹廢的樣子，閉口不語。

「你懂得彈鋼琴嗎？還是只不過裝個模樣？」

「不彈了。」高夢麟答道。

「所以就是懂得彈啦。」吳悠來有點開心，傾前了身子續道：「我很想聽，拜託，給我彈一小節吧。」

無視吳悠來的請求，高夢麟蓋上琴鍵蓋。

「彈不了。」

「夢麟真有教養，我可沒見過同年紀的男生彈鋼琴呢。啊，還有喜歡花這一點也很特別。」

高夢麟橫了他一眼，似乎在厭惡他太多事。

正當高夢麟收拾好鋼琴，打算站起來離開音樂室時，吳悠來繞到他的身後，雙手搭住他的肩膀，使力把他壓回琴椅上。

高夢麟一屁股坐下，身體有點失衡，但因有吳悠來扶持而不致於倒地。

「還是算了，不用彈，坐著就好……」

吳悠來悄悄呼吸著高夢麟的髮香，壓低聲線，續道。

「光是注視你，我已能聽見你的心聲，所以不用做任何事……」

難以言喻的情感，間不容瞬支配了吳悠來。他收起笑容，延臂向下，攬住高夢麟的上半身。

身薄如紙的高夢麟，彷彿使力一點也會立即碎掉，脆弱不堪。正因如此，令吳悠來出於本能地想保護他。

「究竟你是怎麼了？為甚麼總是愁眉苦臉？在你的生命中，甚麼是最重要的，已經失去了嗎？」

——雖然曾經多次衝動，想直接向高夢麟拋下一連串問題，可最終都吞回肚子裡。坦白自己，宛如用小刀割開皮膚，給別人看見裡面的骨頭似地，會引發劇痛。

假若高夢麟有不為人知的過去，吳悠來願意成為治療那瘡疤的藥膏。縱然不知道令他受傷的元兇，但他有自信可以對世上所有人為敵，去衛護他。

對世界厭煩的高夢麟，呆然任由吳悠來擁抱，滿足他的獨佔慾。然而無論吳悠來多麼情深款款，亦只會令高夢麟憶起姑丈……

某年某月某日。

姑丈試過擁抱高夢麟，用耳語小聲說話，不因為柔情，而是怕人察覺他強佔侄子的事實。自此之後，高夢麟知道世上有許多骯髒的關係。

***

高夢麟猶如蟬兒的蛻殼，橫臥宿舍的床上。在那死魚眼似的瞳仁，映著窗外的星空。只有在此種荒蕪之地，星宿才敢出現點綴人們的眼眶。

被吳悠來擁抱時的溫度，仍殘留在記憶裡，與高夢麟的血液一起脈動，噗咚噗咚地灌溉心田。然而，高夢麟沒法察覺自身的感情變化，好像人們忙得不可開交，而無法發覺今宵星辰多麼燦爛似地。

高夢麟以白蔥般的指頭，撫摸臉孔。每道裂縫都恍如旱地龜裂，長久已來的面具，正因吳悠來一點點破碎、瓦解……

忽然，高夢麟驚慌不已，坐了起來。母親的臉浮現於腦海，那溫柔的嗓子，總是在高夢麟失意時包裹著他。可失去大氣的花朵，只能靜待缺氧死亡。而死亡不過是歷史的一瞬，渺小得很。

為尋覓陽光，即使是被稱為靜物的花兒，亦會以肉眼看不見的速度，慢慢移向目的地。誰也不知道，它們擁有思想。

花，為繁殖而生於世上，與其他物種同樣，以延續生命為最終目標。人類也沒差，為確保生存環境掀起戰火，四處鬥爭。誰知，帶來的各種醜陋情感，終將把人帶上絕望的死胡同。

人和花，本無兩樣。為求活命而隨處亂生的花，時而入侵民居，使建築物崩塌；時而散發異香，引人犯罪。

另一方面，生來擁有漂亮面孔的人，經常目擊競爭者互相虐殺。他們渴望被愛慕而勾心鬥角，為爭奪優質基因而不惜攻擊他人。

高夢麟如此的存在，亦不過是源於一項法則——繁殖。一旦以這角度看花，漂亮的外表也就突然褪色了。

高夢麟洞悉每個人的動機。現在，他只能冷眼看世人。可不知不覺間，有一種純愛在悄然萌芽……

霍地，又有人從身後抱住高夢麟。一瞬，喚回吳悠來背抱他的記憶。只是今次的力度一點也不溫柔，甚至可以說是粗暴。

一向偏好女色的周淩，竟把高夢麟攬住。他亟欲發洩，把鼻尖貼在高夢麟的後頸，在逗弄他。體膚之間的摩擦，使體味更加濃烈。周淩那接近成熟的雄性氣味，如同野獸的吐氣，帶著一種無形的威嚇力。

依舊是苦瓜臉的高夢麟，任由周淩上上下下愛撫其身體。他能感受身後的人呼吸紊亂，像上癮的暴徒，一味把頭埋在他的頸項上。

單是女性的身體，已不足以滿足這股慾念。

大概是高夢麟那愛理不理的態度，令他更想征服。

破壞美好的東西，就是人類經常做的事。不難理解，愈是高不可攀的東西，愈給人毀壞的衝動。製造缺憾，證明他不是完美的。

心中雖然這樣認為，但身體卻自然反抗起來。

明明已沒有任何東西可以失去，可高夢麟就是無法容忍周淩利用他洩慾。他撞向周淩的胸板，使他反射性後退，然後步出房間。

周淩追上去，盯梢高夢麟的去向，看見他離開房間之後，向公共浴室的方向信步而行。

周淩怒氣沖沖地跑過去，作為校園霸主，絕不容許反叛。他要證明自己的地位，一分高下，於是他從後一把抓住高夢麟的短髮，強行把他拉進無人的公共浴室。

過了門禁，關燈後的浴室內漆黑一片。於黑暗中迴響的嘶叫聲，使人產生被困在獸籠的錯覺。

周淩大力拍打高夢麟的後腦勺，並用拳頭打向腹部逼使他低頭。臉朝下的高夢麟無路可逃，只能再次承受侮辱。

不一會，肉體碰撞的聲響化作回音，慾望薰心的周淩，只管把高夢麟當作容器洩忿。

久違的行為帶來痛楚，可當受過多次傷害，人就會適應。今次的狀況，竟然沒想像中的痛，他甚至浮現一種想法：

「甚麼嘛，不過如此……」

只是臉長得比較好，其實身體與其他人無別，也是如此便宜。低俗的思想，開始啃蝕著高潔的氣質。這樣的自己，令高夢麟感到噁心。他直打哆嗦，咬緊牙關，忍耐著沒大叫出來。

「即使求救亦是徒勞。」

頓然醒悟的高夢麟，終於放棄頑抗，於淫穢的漩渦之中放縱了自我。

／七／

因情慾漸漸失去理性，到頭來忘卻人類的身分，
成了如生畜般只爲生而生的動物。

那精神崩壞的模樣，能娛樂沉悶的生活。

學校裡的玩具，增至三件了。

高夢麟坐在書桌前，撰寫生活記錄簿。對他而言一切只是玩耍罷了，難道會有人責怪遊戲中表露快樂的孩子嗎？

一、二、三。

已經不寂寞了，不再寂寞了。

放下萬年筆，高夢麟站了起來，走到窗前。防止學生逃走而設置的帶刺鐵絲網，牢牢包圍著學校範圍，連充滿朝氣的校園生活亦彷彿被刺破了。

高夢麟無力地舉起雙手，扶住窗框，以渙散的目光凝視外面的風光，感覺只有自己被關到世界盡頭，與世隔絕。不能與任何人溝通，他是被精美禮盒包裝起來的花盒子，等待他的是無垠的空虛。他插翼難飛，只能虛弱地搖晃著窗框，重複那天的動作。前、後，前、後，依照固定的節拍，死沉沉地晃動。

臉色陰鬱的他，走回書桌，把寫到一半的生活記錄簿蓋上。瞄看書寫在簿裡的文章時，表情已不再是過往的他。

為了甚麼而生？為了甚麼而死？失去路標的他，連生存的意義也找不到，甚至忘卻了自己是如何一路走過來的？

唉，真無聊……猶如害怕孤單的兔子在籠中猝死般，高夢麟也快要憋死了。

忽然雜訊傳來，是電視機的聲音。

「在未成年之前大膽冒險吧！做沒做過的事，做大人不敢做的事。」

反正被抓到也不會被判重刑，十多歲有無限可能性，是未來的社會棟樑，永遠可以改過自新，年青就是我們的擋箭牌。然而，十八歲就是死線了。一閉眼，不出一秒，我們就是成年人，加入大人的行列，剎那間背負重如千斤石的責任——

誰定的規矩？

高夢麟走向床頭櫃，從那兒的抽屜裡掏出一瓶液體噴壺。放在日光下看，那茶色的液體把暗紅的影子投射到精緻的臉上。

他繞過床尾，站到周凌的床鋪旁邊。揭起被子，高舉噴壺，直接往床單噴射那不明液體。液體雖是棕色的，但當飛出噴口時，會一下子化作如水般晶瑩剔透的霧氣，徹底匿跡於布料的纖維之間。

看見這景象，高夢麟勾起嘴角。

「年青人要默默耕耘，為未來作準備，一點一點努力，建設自己的王國。」

高夢麟仍拿著噴壺，手下垂，冷眼望向半開的木門。隔壁房間的電視機隱隱約約傳來無名氏的偉論，而那說話的聲音正干擾著他的思緒。

＊＊＊

假若喜歡的對象是女性，那就簡單得多了。她們大多喜歡整潔，主動積極的異性。要追到手只需多調情，盡量保持風度，溫柔對待，送花、送禮物以證明財力，那成功機率就大增。

而且天下間有數之不盡的書本，教授追求女性的技巧，根本不需要用太多腦力，即可獲得該方面的知識。

然而，怎樣才可得到男性的歡心？這反而令吳悠來摸不著頭腦。

吳悠來和高夢麟都是同齡，理應十分了解對方的需求，可他卻摸不清那張木訥的臉象徵著哪種情感。

是悲傷？不想透露本心？還是有別的原因？

「如何才能討好你？」

——每天反覆思考，一直沒找到正確的答案。

而吳悠來亦開始討厭貪婪的自己，無憂無慮的青少年已成為過去。他有了戀愛的煩惱，而且比一般人更加麻煩。明知兩人不可能有將來，卻不能自制地深陷下去……

高夢麟，全身上下都散發甘美的氣息，猶如天生的獵食者，把所有有生命的東西都誘惑過去。

他像是一朵花，曾幾何時在書中讀到的泰坦魔芋。從高夢麟的行動模式分析，只能得出此結論——無性之人，這也許就是他的核心。既不是男，也不是女，超越兩性的存在。

可是，這絕不是人們所憧憬的愛情。高夢麟只不過在勾起人類最原始的慾望，似是炸彈的藥引，引爆人類純潔的靈魂，使情慾暴走。

＊＊＊

只有在看見高夢麟進食時，吳悠來才能告訴自己並說服他人，他是活著的。可大概由於他吃得太有禮貌、太乾淨，如機器人般，機械式地進行咀嚼動作，因此——他始終無法給人溫暖的印象。

雖然擁有一張百看不厭的臉孔，但那過份完美的輪廓反而令人生疑，高夢麟是否也和大家一樣有血有肉？

此刻，吳悠來與高夢麟隔桌對坐。

吳悠來托著腮幫，凝視他進食的模樣。兩人之所以一起坐在二人桌子上，無他，因吳悠來主動過來。高夢麟當然不可能接近他，他必須保持孤高。

一到中午，高夢麟通常都獨自坐在角落的位子，面對對面的空席進餐。或者，突然化作透明人，使存在感消失，然後空著肚子到花圃躺著。

他們相識有一段日子，吳悠來對高夢麟的習性已瞭若指掌。

食堂內的桌椅皆是白色，因而給人一種身處醫院的錯覺。在倘若無菌無塵的空間裡，面如傅粉的高夢麟，正以銀亮的湯匙舀起平碟中的羅宋湯，沒有手顫，穩定地把匙中物送到口中。

嘴唇瞬間被赤紅的色素染上，令原來的粉紅嘴巴，剎那間成了鮮明的血紅色。恍如剛吸完血的德古拉子孫一樣，帶來麻木不仁的形象。

把學生的喧鬧場面過濾成馬賽克，當作背景，坐姿端正的高夢麟在那片模糊風景的正中間，平靜地進食著。那畫面映入眼簾，令高夢麟頓時成了畫作一樣，不論是髮型還是五官，左右對稱之餘，色彩方面亦富有美感。

「近來時常見你到園藝社的房間去，你有興趣加入課外活動種植物嗎？」

高夢麟仍舊是沉默寡言。為了不令氣氛繼續冷清下去，吳悠來緊張兮兮地接腔。

「那個，我認為你只要多和同學相處，一定能交到朋友，到時候就不寂寞了。」

「我現在也不寂寞。」

忽然，高夢麟的嗓音如鈴鐺響起，他望向對席的吳悠來，莞爾一笑。

「有你在，大家都在，怎會寂寞呢？」

「哈……說的也是。」

吳悠來苦笑了，然後迴避目光，把視線轉移至食堂其他的桌子上。高夢麟突如其來的告白，令他有一點高興。

「所以，既然你不打算加入課外活動組，為何常常走訪園藝社，那兒有甚麼嗎？」

怎地吳悠來的直覺總是如此靈光。高夢麟收起笑靨，正經八百地盯視著吳悠來，彷彿發現他的臉上有垃圾。

「對不起……」吳悠來尷尬低頭，並在心中暗罵自己，這樣說不就代表坦白他有在跟蹤高夢麟嘛，真是笨死了。

與此同時，周淩一如往常地領頭，帶著幾名小弟走進食堂。本來十分響亮的嬉戲聲，在他進來的瞬間被謀殺。大家為求換取安定的三年高中生涯，都不敢吭一聲，怕得罪小皇帝。

周淩大模大樣地邁步，並以視線掃視食堂內的蟻民。驀地，他捕捉到坐在角隅的高夢麟的身影，於是朝這邊走來，把吳悠來嚇了一跳。

剛好喝完羅宋湯的高夢麟，顯然注意到周淩正往這邊走，可是他故意不作反應，斯文地拿起擱在膝上的餐巾，準備抹嘴。

正在此時，周淩來到面前，無視吳悠來的存在，一手抱住高夢麟的頭，將之擰過來，然後不費餘力地把臉壓上去。坐在對面的吳悠來成了此微電影的第一位觀眾，目睹兩名男生嘴唇對嘴唇，貼在一起，令他驚訝不已。

接吻約兩秒，正當眾人開始交頭接耳時，周凌才放手，對高夢麟調戲似地笑了笑，接著得瑟地插褲兜離開，到其他桌子坐下。

還來不及抹嘴的高夢麟，因那突然一吻，令湯的紅色素偏移到嘴邊，形成一斑鮮血似的圖案。

吳悠來瞪視周凌的後背，感到又氣又怒。

在場的人議論紛紛，有的認為周凌這樣做是為了惡作劇，有的認為欺凌對象從冬菇頭換成高夢麟了，亦有的認為他是雙性向。

無論如何，吳悠來只知道自己現在臉頰發燙，心中不是味兒。

＊＊＊

「為甚麼讓那個人吻你！」

吳悠來孩子氣地，追上離開食堂的高夢麟，高呼。

「在我看來你根本連反抗也沒有，你喜歡他嗎？」

走出萬頭攢動的飯堂，高夢麟沒回應，默默來到後花園，繼續他平日的行事——觀賞天空和花兒。

「你不覺得骯髒嗎，那人和任何女生也可以上，嘴裡混合了上百人的口水……」

似乎光是描述，已令吳悠來感到毛骨悚然了，他抽搐著臉上的肌肉，搭上高夢麟的肩膀，強逼他把專注力集中在自己身上。

「你有在聽嗎？我是擔心你，你和他不是同房嗎？」

注視著青筋暴現的吳悠來，高夢麟保持那張撲克臉。

那雙星眸裡，住著許多星球，令激動的吳悠來愣住了。不可思議的他擁有整個浩瀚的銀河系，美得使萬物靜止於頃刻間。

「你這麼在意誰碰過我嗎？」高夢麟緩慢地開口。

「你怎可以這麼隨便……」

「大家只是想觸碰一下而已，假若不碰，又怎知道我是否真的存在？碰到了，滿足了，但那樣也會變得不足夠。他們會疑心生暗鬼，認為也許在沒觸碰的期間，我又消失不見了。於是，他們慢慢淹沒在慾望之中，只有不斷觸摸才能安心。最終誤把我當作是私人物品，不喜歡別人在我身上留指紋，而想獨佔起來……周凌，不過是他們的其中一人罷了。」

因情慾漸漸失去理性，到頭來忘卻人類的身分，成了如生畜般只為生而生的動物。

那精神崩壞的模樣，能娛樂沉悶的生活。

聽畢高夢麟的解釋，吳悠來瞠目結舌，大概是無法理解他話中的含義，導致腦部當機。

高夢麟的腦袋究竟在想甚麼？簡直匪夷所思。可亦因為如此，令人沉迷。

驀地，一隻麝鳳蝶翩翩起舞，進入兩人的視界。吳悠來追視牠，發覺牠如探知到花香所在似地，輕盈地停留在高夢麟的左臂。

啊！原來他真的是花！

一朵虛無縹緲的血肉之花。

＊＊＊

吳悠來撥弄從音樂室借來的結他，嬰孩學步般，練習一首經典結他樂曲。他交攏著腿，扶一下放在床頭的六線譜，然後有樣學樣地開始彈奏起來。中間間斷了好幾次，拍子亦時慢時快，音色毫無情感可言。

自升中以來就一直沒再拿起結他，三年沒練習，果然生疏不少。不論如何，吳悠來不願意在明天的音樂考試上唱歌，因此只能挑另一個選擇——彈樂器。

看看時鐘，離關燈還有約一小時。

吳悠來抱著結他，望向大開的門口，外面的走廊上還能聽見男生打鬧的笑聲。

天氣雖冷，但在睡覺之前，大家都愛打開房門，換換空氣。

若有所思地看了好一陣子後，吳悠來搖首，叫自己冷靜下來繼續練習。這已經是今晚第十次了，可思緒卻不聽從意願，不停飄往高夢麟的房間……

在精神不集中的情況下，演奏一直沒有進步。終於，他決定暫停練習，放下結他，到走廊瞄一瞄。

一些學生在走廊盡頭互相擠擁、玩耍，發出震耳欲聾的尖叫聲，住了快半年的吳悠來，對此等場面已司空見慣。

他把注目放在不遠處的高夢麟的房間，兩邊整列排著的房門之中，只有他的房間是緊閉著的。

吳悠來憂心忡忡地走近一點，側耳傾聽，沒聽見怪響。自從目睹周凌強吻高夢麟之後，他就無法不擔心兩人在房中的狀況。

但願，沒發生任何事……

就在他合掌祈禱時，門扉突然打開，衣著輕便的周凌大剌剌地走出來，向吳悠來的相反方向走去。

吳悠來趕緊躲回暗處，並以眼球追隨周凌，發覺他正焦躁地搔癢，彷彿背脊和手臂滿布了蝨子，極度不耐煩。

未幾，周凌的身影消失在路盡處。吳悠來重新把視線放回高夢麟的房間，偷偷摸摸地接近。他惴惴不安，暗忖，該不會在裡面發生了甚麼事吧？

只是，他怎樣也無法踏出一步，不得不承認，自己其實比想像中更加膽小。

吳悠來把手掌貼在那面薄薄的門扉上，最終還是未敢敲門。他只好慚愧地爬回自己來的地方，整夜輾轉反側，為他心碎神傷。

＊＊＊

排在高夢麟前面的人唱得很普通，吳悠來甚至忘記那是一首怎樣的歌。

音樂室內正要進行半年一度的考試，同學要不是抱著樂器，就是手持歌詞、樂譜，不斷重溫昨天的練習。

吳悠來坐在其中，由於是依照班號排列來設定應考的先後次序，因此他被編到較後的位置。

要把昨晚的練習成果一併發揮出來，令吳悠來精神壓力很大，連手也開始發抖了。環顧周遭，發覺大家都各自有緊張的表現——湧現嘔吐感、頭痛、身癢、抖腳、腹瀉等種種症狀。

唯獨高夢麟，依然保持優雅坐姿，手上空無一物，只是筆直地注視著前方。看見這一幕，想必大家都會明白他之所以鶴立雞群的原因。

轉眼間，又一名同學考完了。那人如釋重負地急步返回座位，臉上掛著一絲安樂的笑意。音樂老師昏昏欲睡的樣子，於放在胸前的簿子記下評分，傳喚下一名考生。

「高夢麟。」

似乎早已記得排序，老師才呼叫到一半，高夢麟已逕自站了起來，走向音樂室最前面，打開三角鋼琴。

剎那間，吳悠來忘記了考試，在看見高夢麟和鋼琴的那刻，勾起了回憶。

他記得在無數個放學後，高夢麟在音樂室沒人的時候，伺機進去坐在鋼琴前。一整天摸著琴鍵，直至黃昏日落。說是摸琴鍵，可卻沒有聲音，他似乎在做無聲練習，手一直沒有使力。

縱使如此，光是注視高夢麟的側臉，吳悠來已心滿意足。於是，他一有空檔就會陪伴他，看他呆坐，一坐坐上幾小時，然後一起離開。

但是，至今吳悠來仍未有機會聽到高夢麟彈鋼琴。這樣看來，時機終於來臨了。第一次真真正正當觀眾，吳悠來不禁雀躍起來。

「你是彈鋼琴對吧？」

老師循例確認一次，然後在簿面寫下一堆潦草字。

高夢麟沒回話，自顧自拉開琴椅。椅腳和地板摩擦，發出「吱」的一聲微響，令他頓時成為群眾的焦點。

高夢麟本身在校內已是大家喜歡議論的人物，關於他的身世，以及和周淩的傳聞都是熱話。可大部分同學都不知道，其實他懂得彈鋼琴。

看見眾人驚訝的神情，吳悠來喜上心頭。因為只有他知道高夢麟的另一面，真實的一面。此想法麻醉著腦袋，使他遺忘緊張。

高夢麟以纖長的手指彈了些零碎的音節，試一試音色。準備就緒之後，以憂鬱的眼神望向老師，等待指令。

吳悠來大惑不解，他真的會彈鋼琴嗎？

「唔，你可以開始了。」

不明所以的老師催促他開始，畢竟班上人數太多，必須加快進度。

高夢麟把頭轉回琴鍵上，雙手置膝，靜止著。眾人皆屏息以待，可他就像故意吊人胃口般，沒立即開始。吳悠來能看出來，高夢麟彷彿有一股囤積已久的情緒，正要從氣球的末端洩漏出來……

高夢麟抬起左手，微弱的琴音不經意地於空中開始盤旋、打圈，入侵腦海。厚重、反覆的重低音，如深夜的海濤，壓抑吳悠來的肺腑，令人窒息。

幽靈似的哀號，從鋼琴的每道罅隙滲透出來。霎時間，氣溫驟降。他把白得透明的右手放上去，敲出一些自由的旋律。單調，如孩子學琴般，那中高音緩慢地縈迴著。配合左手的演奏，剎那間，吳悠來看見了音樂裡的風景——

一名天真無邪的女子，於夜半的海畔高歌一曲，讚頌這扭曲的天地。她邊朝水平線走去，邊哼唱最純真的歌。漸漸，腳在不知不覺間失控，心中的狂魔逼使腳步前行。無垠的黑夜之中，多如繁星的冤魂於水中閃爍，招攬人加入。她無意識地走往深部，每行一步，腳都變得愈不靈活。噗咚！腳掌插進海底泥裡，再也拔不出來了，要被捲入深海裡。

倏忽！寂靜的世界起了波紋，她失足跌倒，被大浪吞噬！條件反射之下，她拍水反抗！可惜急流支配著身體，千千萬萬隻手正捕捉水中舞動的四肢，要在她後悔之前把她擁進懷抱——

聆聽中的吳悠來不由抓緊胸膛，心臟一抽一抽的痛，無法好好維持呼吸。

然而，高夢麟沒有放過，繼續縱容琴聲四洩。他以高超的技術演奏無與倫比的樂曲，要到達高潮了。兩條手臂加速，無論是雙手亂舞的影子，還是敲擊音板發出的琴音，皆如生命終結之際的掙扎、嗆咳、哭嚎！

最後，消音了。

除了延綿不斷的海浪聲，甚麼也沒剩下來。

目擊整個過程的旁觀者，凝視一片肅殺的海岸。驀地，又聽見女子的歌聲再次飄現，似沒發生過任何事情，平淡地進場。

是她的靈魂仍流連人間嗎？

抑或，只是人們遺忘不了那倩影。

狂暴的音樂，令人們像是受了集體催眠一樣，僵住了。好一陣子，眾人都沉醉在餘韻裡，一時之間無法話語。包括吳悠來在內。高夢麟製造的琴音仍鳴動著空氣，震撼他的心靈，使人一下子沒法回復過來。

高夢麟仍坐在琴椅上，雙手置於最後一個音符，不動，連淩亂的頭髮也沒整理。約五秒後，他才意識到已結束，縮回雙手。可能是情感太激烈，他像是發燒似地滿臉通紅。

回憶那首獨奏，一開始天真爛漫的歌聲，到後來，隨著節拍加速而倍增的狂氣，出其不料地給人龐大的恐怖感。

老師咋舌，一臉困惑地眨眨眼睛之後，於簿子記錄分數。

與此同時，高夢麟迎著眾人的目光站起來，似乎是方才的演奏消耗了極大的精力，虛晃著返回座位。

心緒紛紜的吳悠來，努力試著深呼吸，那首鋼琴曲至今仍影響著心神，令他感覺呼吸道閉塞。

考試完結，目睹高夢麟離開課室之後，吳悠來趕緊到老師那兒去問問題。

「老師，不好意思，請問一下，關於高夢麟彈的那首樂曲——」

在收拾東西的老師面色一沉，手停下來。

「問來幹嘛？」

「因為……我好奇。」

凝視吳悠來那雙誠懇的眼神，老師歎一口氣，無可奈何終於開口回答。

「The Song Of The Mad Woman On The Seashore.」

吳悠來心想，要是翻譯作中文，應該就是「瘋癲女子在海邊唱的歌」吧？

「這是表達甚麼意思的樂曲？誰作的？」

面對咄咄逼人的吳悠來，老師故意以輕描淡寫的語調，道：

「聽説是寫一名女子入水自殺。」

語畢，老師立刻拿起東西離去，逃之夭夭。

五味雜陳的吳悠來被留下來，在無人的課室內回憶老師方才的答案。想不到老師所説的，和他聽那音樂時所幻想出來的景象，一模一樣。

—八—

沒有遭受過同樣的對待，人永遠不能設身處地，
考慮他人身受的痛苦。

惡，仍舊循環不息。

時晴時雨的天氣持續著，已經是初春。

吳悠來站在窗前，看外面毛毛細雨，又憶起那天高夢麟的鋼琴聲。不知何年何月何日再有機會聽到，也許那是第一次，亦是最後一次。

因為好奇心作祟，後來到網上查了該樂曲的相關資料，結果發覺那首是被喻為自殺名曲的作品。為甚麼高夢麟會挑選那首曲子？

唯一一次，聽見發自他內心的吶喊，竟然是那麼抑鬱的樂曲，實在難以想像迄今為止在他身上發生過多少傷心斷腸的事情。吳悠來捂住胸口，光是想起那天的光景，亦令他心如刀割。

「你一直承受著這樣的痛楚嗎？」

墮落——

只可像雨絲般——

永遠下墜——

然而，即使不能減輕那份悲傷，至少能一同承擔。吳悠來知道，高夢麟一定還有許多不可告人的秘密。現在的他宛如一心尋死的失意者，企圖走向懸崖邊緣，了結此生，需要人來阻止。

吳悠來神遊回來，從窗戶抽離視線，望向走廊盡頭。似乎已決定目的地似地，邁步前行。途經多個裝飾著雨滴的窗框，步出校舍。

零雨潸潸之下，吳悠來冒雨走向園藝社的房間。

遇到這種雨，學生大都到室內躲避。可吳悠來在雨中勇往直前，因他剛才眺望窗外那片霧雨時，彷彿看見高夢麟若隱若現的身姿，而他閃現的地方正好是前往園藝社的路上。

考試之後本來是課外活動的季節，理應有不少人於庭園活動，但是雨幕似成了天然屏障，讓小徑搖身一變，成為通往異世界的特別通道，將現實隔絕在外。

吳悠來走近園藝社的房間，果真連貓影也不見。這場雨一下下來，本應在這兒的社員就猶如人間蒸發般猝然消失了。

門沒有鎖，高夢麟會在嗎？

此時此刻大概只有他倆會往室外跑，要是剛剛看見的人影是他，那想必他就在裡面。吳悠來推門而入，也許是雨打在屋頂的聲音太大，背對門口的高夢麟根本沒察覺此空間已被入侵。

說起來，吳悠來還不清楚高夢麟為何時常來園藝社。一星期前，曾經目擊他巧妙地解開鎖扣破門而入。假若如此，今次也不會是偶然為了避雨。

吳悠來遙望高夢麟，發覺他正利用漏斗，把一瓶棕色液體倒進噴壺內。見此，他不禁開腔。

「你在幹嘛？」

聽見此聲音，高夢麟的肩膀抖了一下，可他似乎從那腔調推測到聲音的主人，於是頭也不回，繼續把液體倒滿噴壺。然後，把東西挪好之後，才站立起來。

被高夢麟直勾勾地凝視著，吳悠來露出困惑的神情，以食指指向他手中那瓶奇怪的液體，問道。

「那個……是甚麼？」

「不過是借用一下罷了，無傷大雅吧。」

說畢，高夢麟不為所動地把噴壺收進環保袋。

「即使是拿去亦可以，反正只有我和你知道瓶裡的液體少了。但是你可以告訴我，你拿這個用來幹甚麼嗎？」

高夢麟嘴角一翹，與吳悠來擦肩而過，邁開步子向出口走去。因被他不瞅不睬，吳悠來情急之下拉住他的白襯衫，使勁扯回來。

「你不會打算喝下去吧？」

高夢麟漠然處之，說：「要是如此我就不用來這麼多次，我也是人，會死——」

吳悠來突然打斷說話，把高夢麟擁入懷裡。

「不要死，你不可以死。」

大概是天色太暗了，高夢麟睡眼惺忪的樣子，將下巴放在吳悠來的肩上，小聲地：「再過五個月就一年了。」

「呃？」

吳悠來保持擁抱的姿勢，眼神十分疑惑。雖然以高夢麟的視點無法看見，但他的眼睛此刻飽含淚水。

「學期完了，大家都能回家，而我要回媽媽那兒。」

「說夢話，你媽是終身監禁。」

「姑丈傳短訊給我，說可以讓我在暑假見她一面。」

吳悠來百感交集地放開他，「可以探監啊……」

「所以我還不會死。」

「那你拿這個難道是為了種花？」吳悠來一臉狐疑地打量高夢麟的面色。

「為何你覺得我會自殺？」

「我……只是怕……鋼琴……」

吳悠來語無倫次地，無法好好完成句子。而高夢麟則從那些言語的斷片領會到他的意思，平靜地回答。

「我不會再彈鋼琴了，那是最後一次。」

「你之前跟我說的那句話究竟是甚麼意思？甚麼殺人，殺人的不是你媽媽嗎？」

高夢麟說夢囈似地，「……我們都殺了人，正確而言，連另一個人也是我殺的，因為她是為了我而放棄自由。縱使我們都同病相憐，但為求在這片土地生存，我們一直很努力偽裝自己，直至再找不到理由說服心魔……」

吳悠來無語凝噎，不知為何看見此刻的高夢麟，莫名地感到悲傷。他不敢更加深入地問，他說的殺人，是不是原原本本字面上的意思。

「在這裡，愈來愈沉悶。」

高夢麟嫵媚地笑著，語氣卻如雨後的霧氣般，陰冷而薄弱。

「感覺沉悶得要命，必須找些樂子。上帝創造那麼多生物，不就是為了讓牠們互相依靠嗎？土與花，都在巧妙地利用對方，仿如我利用他們一樣。」

「他們？」

「他們都是生來被我使用的，我漸漸察覺到這一點。」高夢麟露骨地，「普通地活著，普通地死去，才是天下間最無聊的事吧，我已經不能再忍耐。這樣生存根本是違背真我，渴望得到幸福，不是人最基礎的欲望嗎？」

——幸福。

猶如世間最美好的詞語，然而當此二字出自高夢麟口中，一切便猝變得恐怖。他所指的幸福，彷彿有別於常人。

「怎樣才能令你幸福？」

聽見吳悠來的低語，高夢麟敏銳地反應過來，抬起眼梢看他。

「因為那些人傷害你所以想報復，這不是人之常情嗎？假若你因此而傷心的話，讓我來承擔吧，如果那樣能保住你的性命，把我玩壞也可以。」

「你似乎誤解了。」

高夢麟攬住自己，似是在忍耐刺骨寒冷，說：

「我沒有想報復，他們是最佳的娛樂。雖然有時候會被迫做不情願的事，可外祖父跟我說過『異常但快樂的玩兒充斥世間』……我開始明白他的意思了。」

高夢麟念念有詞地說了一長串，但吳悠來依然似懂非懂。他頓悟，自己可能一輩子也沒法理解高夢麟的心思。只可惜，此殘忍的邂逅已令他無可救藥地深陷其中。他的一言一語、一字一句都成為符咒，使他著魔。

＊＊＊

「啊啊——啊啊——啊啊！」

猶如發生在地獄的一幕，周凌表情扭曲地嚎叫，五隻爪子深深插入胸口，似誓要將纏繞全身的痛楚驅逐。可是刺痛如蔓藤糾結在一起，無法輕易解開。

躺在擔架床上的周凌，承受夾道學生的視線洗禮，被醫護人員抬出男子宿舍。宿舍外，一輛長方形救護車在沉默地等候。待他們把持續吼叫的周凌扛進那具「白色棺木」裡，才關上車尾的門扉，使叫聲隔離在內。

剛從園藝社一同回來的高夢麟和吳悠來，恰巧碰見此場面。

高夢麟徐徐仰首，只見學生興趣盎然地把頭探出一排排的窗戶，有些人憂心忡忡，有些人似乎在偷笑。雖然世上存在善良的人，但幸災樂禍的傢伙亦大有人在。像周凌那種惡霸，一旦遭遇不幸，任誰也會認為是天罰或者因果報應。

救護車響起警號，朝大開的校門駛出去。校內人人議論紛紛，還沒有人察覺周凌的同房同學——高夢麟正佇立在樓下。

「你還好吧？」

吳悠來困惑地瞄看身旁的他，喚叫一聲。

高夢麟平視著，忽然牽起吳悠來的手，把裝滿不明液體的噴壺從環保袋掏出來，塞進他手中。

吳悠來出於條件反射接住了噴壺，雙目一睜，正期待他解釋。然而高夢麟一言不發，看也不看一眼便掉臂不顧，逕自步向宿舍入口。

＊＊＊

吳悠來的世界開始因高夢麟瓦解，變得支離破碎。

不論走往何處，吳悠來也沒法逃離關於周凌的話題。學校內的人全在討論昨日周凌突然被送進醫院的事。

當中有同學的父親是附近公立醫院的註冊醫生，因此收到最新情報，說周凌目前在休養，至少要十天才能出院。

不出所料，被周凌欺凌已久的人們，都暗地裡躲在廁所，握緊勝利的拳頭……

不到兩天，同一個人又在班上散播消息，說現在周淩的住院期要延長至三十天，原因是病情惡化。

終於，沉默已久的吳悠來按捺不住，決定主動上前發問。

「周同學現在是甚麼情況？為何緊急入院？」

吳悠來把身體隱藏在八卦的學生之中，尚算不顯眼。該同學毫不保留，立即眉飛色舞地回答。

「他是敵草快中毒啦！」

「敵草快？」

「你沒聽說嗎？那是一種除草劑。我爸說不知他從何處接觸那東西，雖然是用於園藝，但人類皮膚觸碰的話毒性可相當強烈。現在他還沒度過危險期呢，背部的皮膚發紅發痛，精神不濟，渾渾噩噩的，要靠吊點滴維持。」

吳悠來不敢再作聲，腦部猶如被重拳搥中似地，受到極大衝擊。他轉身，悄然遠離人群，回到空寂的校舍中庭。

「敵草快……該不會是……」

驀地，吳悠來憶起那裝著不明液體的噴壺。為何當日他要把辛辛苦苦拿回來的東西交給他？

吳悠來有股不祥的預感，然後想起來，今天他還沒有見過高夢麟在校舍內出現，難道發生了甚麼？

於學生全部離開了宿舍的正午時候，大人可能伺機做些不能在眾目睽睽底下做的事情。想到這裡，吳悠來立馬提足狂奔，無視上課鐘聲的響起，直衝向宿舍。

＊＊＊

當吳悠來到達自己以及周凌房間位處的樓層時，發現高夢麟獨個兒站在走廊上，抱著肩，凝視經已敞開大門的房間。

一些學校高層、訓導，以及警方人員不停進出房間，在搜查物品，似乎認為周凌中毒的事件有可疑。而鄭海濤亦以班主任身分，監視現場情況。

吳悠來不顧一切，奔跑往前，站在木訥的高夢麟面前，凝視他的雙眸。一下子，失卻言語能力，只管重複呼叫他的名字。

「夢麟啊，夢麟……」

高夢麟用深不可測的眼神，回望泫然欲哭的吳悠來，全程保持緘默。相反，吳悠來大口大口地呼吸，除了因為剛才的奔跑，還因不知從何說起而感到焦急。

他把手伸向高夢麟的臉龐，想以行動代替言語，卻生怕吸引在場大人的注目而收回去。他以含淚的雙目再次瞟看高夢麟，旋踵往自己的房間跑走。

吳悠來小心翼翼地，為免被人察覺而靜靜鎖上大門。他從書桌的大抽屜拿出高夢麟的噴壺，撲到窗前，俯身確認四周無人，才向樓下的草叢倒光液體。

收回探出窗外的上半身，吳悠來打著哆嗦，拿著空噴壺到洗手盆，巨細無遺地清洗一遍。接著，用同房同學的幾件舊衣包裹起來，塞到宿舍統一使用的垃圾膠袋內，擱在角隅。待晚上收集垃圾時，混到其他的垃圾堆便行了……

如此安慰自己一番，吳悠來方回過神來。霍地，他看見鏡中那面青唇白的自己。

突然，吳悠來雙腿發軟，鼻子一酸，再也無法忍耐了。他瑟瑟發抖，背靠牆壁滑下，終於伏在地面痛哭起來。

＊＊＊

不管他的性別，不管他是否殺人犯，不管他是誰，也想保護的這份情感是異常嗎？自己不再是自己，就是傳說中的戀愛？只不過是頃刻間不為意，他們就擁有了至死不渝的愛情嗎？

吳悠來恍如行屍走肉，步行於人來人往的走廊上，腦內不斷重複質問自身。究竟為了甚麼包庇罪犯？以往的他絕不會做此種事。雖然說不上喜歡周淩的為人，但也用不著陷害他，甚至改變事實，埋沒真相。

一切一切，也是由於高夢麟。自從他出現了，正義與邪惡，所有的價值觀都被顛覆。

對了，他們已經是共犯。

那天之後，罪證已隨垃圾消失，然而慌亂的心卻一直沒法恢復過來。吳悠來明白高夢麟的話兒，發覺自己只是「他們」的其中一人，被他利用、吞食的對象。

吳悠來心不在焉地在走廊盡處，拐彎，來到僻靜的通道。看見那慣常接受欺凌的同學，又忍受著周淩的手下的毆打，而且看來他們已經選出了新領袖。真厲害，在短短幾天已重整旗鼓，周淩的離開，反而令他們更加幹勁十足。

可是，吳悠來自覺沒有資格罵人，因他只敢當旁觀者，沒有制止。或許他已是司空見慣，有時候甚至覺得沒看頭，不夠刺激。

沒有遭受過同樣的對待，人永遠不能設身處地，考慮他人身受的痛苦。

惡，仍舊循環不息。

吳悠來茅塞頓開，其實自己與他們都相似，不過是默默接受弱肉強食的規律，從沒打算逃竄，都是如此低劣的動物而已。

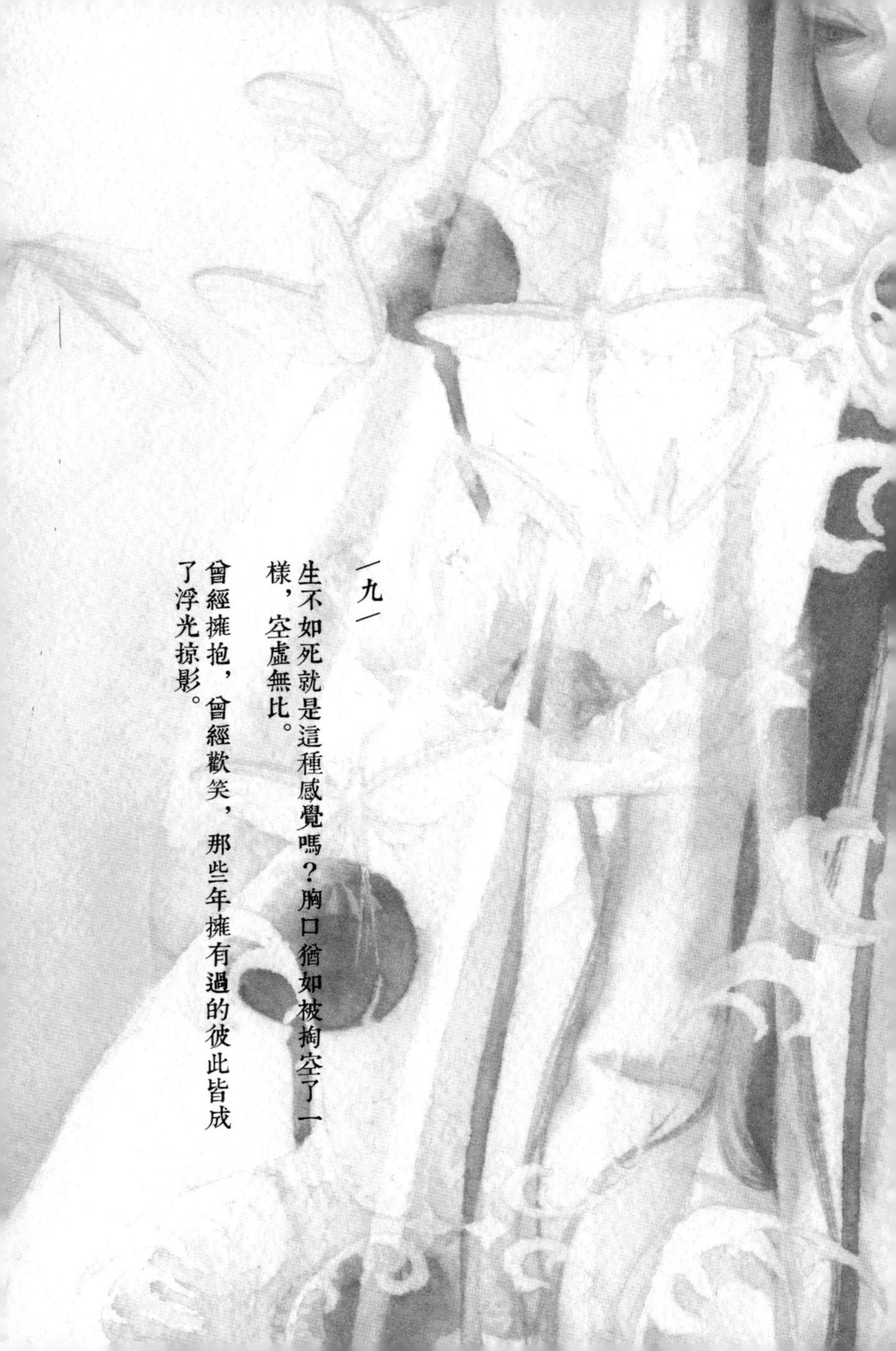

/九/

生不如死就是這種感覺嗎？胸口猶如被掏空了一樣，空虛無比。

曾經擁抱，曾經歡笑，那些年擁有過的彼此皆成了浮光掠影。

夜深人靜，鄭海濤在職員宿舍的獨房內，「唰」的一聲關上電燈。

這科技發達、充斥著垃圾資訊的社會，即使待在房間，亦感覺不能活出真我。於是只能像這樣自欺欺人，緊閉窗簾，躲在暗處，才敢露出真本性。

這份心情，必須成為秘密。假若被發現了，多年來費盡心力爭取回來的名與利都會付諸東流。畢竟教師是身分敏感的職業，一旦被發現弱點，就會被視作異端分子，失去教育後代的資格，永無翻身之地。

而鄭海濤除了教壇，已想不到天下間有其他容身之所。

為人師表是他素來的夢想，可是心存慾念難道又有錯嗎？教師也是人，對於漂亮的生物動心，也是極其自然的事吧？

縱使，那是絕不可觸碰、身懷劇毒的孩子，他仍生起不顧一切想擁抱的衝動。正如人明知道香煙有毒，依然會拚命抽吸一樣。

鄭海濤回到書桌前，亮起閱書燈。堆放在案頭的本子，把巨大的影子投射到它的相反方向，猶如有龐然大物棲息著。

他瞪大滿布血絲的眸子，徐徐把手伸向那疊本子，從最下面拿出其中一本。他躊躇地，瞄看書寫在簿面的文字，上面以秀麗的筆觸寫著：高夢麟。

與高夢麟初次相遇，已有半年以上，可鄭海濤還沒有讀過他寫的生活記錄簿。但是，那件事改變了他，他想要更了解他……

為了調查周淩一事，鄭海濤進入高夢麟的房間，那氣味至今仍殘留在鼻腔。他念念不忘，每天於腦內回想他房間的擺設。無數幻想所構成出來的倩影，縈迴於思想空間。衣櫃裡的衣物，那顏色、質地、皺摺，均成為了最佳的遐想材料。甚至連一根牙刷，亦令他聯想起高夢麟櫻桃色的嘴唇。

今宵，鄭海濤終於要打開潘朵拉的盒子——

他翻開高夢麟的生活記錄簿。第一頁。恍如初嘗禁果的滋味，縱然手還在顫抖，他決定聆聽惡魔的低語，已經抵擋不住誘惑了。

鄭海濤嚥下口水，開始閱讀。本子前面是一大片的空白，直至到了中間，如情書似的文章映入眼簾。

#

「自從開學那天邂逅你，我的身心好像被你捆綁了一樣，無法動彈。但你卻對我不瞅不睬。為甚麼？

因為害怕？害怕我經已愛上你，害怕像我這樣的少年，毫不留情地在你的胸口留下爪痕？

在壓抑的學校，要找到理解者實在太困難了。

但我看見你的眼睛，知道我們一定是同類。

讓這成為我倆之間的秘密，一種暗號。」

#

文章結束於此，呼吸紊亂的鄭海濤趕忙翻頁，猶如飢餓的豺狼抓狂起來，在尋找食物。

恍如神奇的先知，高夢麟隔了幾頁之後，再次書寫情話，敘述自己的情愫……

鄭海濤重複翻看多篇文章。時而閉目仰首，時而伏在桌面，貪婪地嗅著紙張的氣味，幻想高夢麟那五根指頭，此刻如何纏繞他的命根子，使心跳停頓。情慾之箭發射之際，腦內一片空白——

一波波熱流逐漸減退，鄭海濤氣喘吁吁，終於重拾理性。發覺房間內只殘留著莫名的空虛，以及他手中的白沫。

鄭海濤不論身心，也被高夢麟俘虜了。那完美無缺的臉孔，徹底操控著思想。

霍地，有人來叩門。鄭海濤嚇得驚心動魄，那雙模糊的眼睛頓時掠過一道閃光，如同利刃——

「鄭老師……鄭老師你在嗎？」門外的女人叫喊。

「等一下……」鄭海濤回話。

只屬於他的秘密，他們的秘密，寧願在絕望中溺斃亦要保守下去。鄭海濤如此心想，花了點時間整頓整頓，方打開門扉。

「不好意思晚上來打擾。」那女人表情緊繃地，「有緊要事必須知會您，是關於高夢麟同學的。」

＊＊＊

壞掉了。那個玩具，本以為可以玩得更久。

倚欄而立的高夢麟，俯看眼前的風景，唯獨在校舍天台，才能跨越厚重的圍牆，欣賞位於不遠處的那片汪洋大海。此學校太狹窄，他的內心似乎一直飢渴，想尋找甚麼來滋潤自己。

另一方面，吳悠來則依舊像守護者般，只管佇立高夢麟的身後，默不作聲。從那天起，他們分享共同的秘密。即使知道高夢麟做過多麼可怕的事，他那隨風飄逸的髮絲，依然散發出芬芳的氣味，一種麻痺心智的香氣。

「在這裡……看得到海。」高夢麟呢喃。

「嗯，到了夏天可以去游泳呢。」

吳悠來照樣，以笑容回應他的話兒。乍然，目不轉睛地注視著大海的高夢麟，以稀薄的聲線說。

「你還不走就來不及了……」

「呃？」他的話似乎另有所指，令吳悠來不覺一怔。見情勢不妥，高夢麟立時回眸，並補充一句。

「不是快到上課時間了嗎？大家都吃完午飯了。」

吳悠來如鯁在喉，想問高夢麟關於他和周凌的事，卻止住了。

縱使能確定周凌中毒事件的犯人，定必是眼前的他，可他還不知道動機為何。那天之後，高夢麟絕口不提，那天之前他們究竟發生過甚麼事。

猶如有讀心術似的，高夢麟率先開腔，堵住將要破口而出的吳悠來。

「這裡是學校，是學習的地方，因此遊戲只能在秘密之下進行。你懂我的意思嗎？」

意思是別問嗎？吳悠來不甘心，握緊了兩隻拳頭。

「周淩他有沒有碰過你？」

好像在故意迴避問題，高夢麟擠眼睛，使雙目成了兩道弧線。

「我又不是女生，貞操真的重要嗎？還是你以奇怪的眼光看我，把我當女的看待。」

「我不想你放縱！」吳悠來大叫打斷他的話，「不是男或者女的問題，我把你視作為高夢麟，世上唯一一位，獨一無二的。我只不過希望你別待薄自己，珍惜身體。」

高夢麟皮笑肉不笑地，回嘴：

「錯了，你不是希望我愛護身體，而是不喜歡骯髒。要是如此你不用擔心，我早已是不潔之身了。何況你也太天真，男人一生不是可以有數之不盡的對象嗎？」

吳悠來大大呼了口氣，然後上前去，與高夢麟一起憑欄吹風。

「我們還不可以算是完整的男人……」

看見吳悠來閉目，高夢麟亦跟著做，感受從地平線吹拂過來的風。

凝視著眼皮內呈珊瑚色的光明，高夢麟感覺像待在世界的暗角，然後，一把神來之音入侵他的世界，是吳悠來抖動的嗓音。

「欸，你知道嗎？現在我只有一個心願，就是有天能與你作為吳悠來、高夢麟，真真正正地連繫在一起。」

「會有這樣的一天嗎？」

他倆都感受到對方的鼓動，宛如共鳴。

可惜。

這種不切實際的理想，不出一秒就被浪聲沖走了。

高夢麟闔上懾人的靈魂之窗，似是在量度脈搏般，用左手按住右腕的粗血管。幻想著「噗咚、噗咚」地流動的血液，換成這些年來忍耐著沒滴出來的淚水，倒流，運行全身。而自己，則是以淚維生的可憐蟲，不經不覺，體內的所有血也蒸發掉了。

如此生存的他，還算是人類嗎？

迷茫之中，高夢麟憶起獄中的母親。此生此世翻弄她的人生的全是男人。包括他在內，作為兒子實在責無旁貸。縱然外觀多美不過是臭皮囊，可人們偏偏就為了這些無謂的東西，所謂愛，而蒙蔽一切，斷送前途。人類不是自私的生物嗎？光是活了十數年，已看過不少人心恐怖。但為何無私的人依然不斷湧現，如烏雲間的北斗星般，給漆黑中迷失的他指引路向。

先是媽媽，後是吳悠來。

不服，實在不服，高夢麟已經厭倦了上帝的大計。

「我們可以停留在此刻，夢麟，只要你我不變，即使過了一百年，一千年，我們都依舊是我們。」

時間為他們停頓了半刻，然而，高夢麟間不容瞬又重新打開眼簾，他選擇了張開瞳仁。

「……不，你錯了。」高夢麟斬釘截鐵，「我們無庸置疑是男人。」所以才如此憎恨吧，他們，還有自己。

百思不得其解的吳悠來，茫然盯看高夢麟的側臉，他那張撲克臉，總是給人一種撲朔迷離的印象。

未幾，校鈴響起，提醒二人要回班上上課。可是鈴聲與平日的截然不同，短促響亮，如警號般迴旋於耳畔半刻，開麥克風的聲音從喇叭裡傳出來。這才令他們察覺這並不是上課鐘聲，而是校內廣播。

「咳，請留意，高夢麟同學，高夢麟同學，請到教員室找鄭海濤老師。重複一遍，高……」

吳悠來斜睨高夢麟，他似乎聽見了呼喚，卻沒有反應，繼續看海。

「喂，老師在叫你耶。」

吳悠來出於好心提醒他，然而高夢麟沒回應，一味以嚮往的目光凝視著海面，然後小聲說：

「海，真漂亮呢……」

「夢麟。」

再次被吳悠來催促，高夢麟方撤回視線，逕自走向天台出口。

目送高夢麟離開後，吳悠來獨自站著看海。

半晌，他忽然有些焦慮，一個念頭掠過腦海，鄭海濤叫夢麟到教員室是為了甚麼？雖然是班主任，但他們平日沒甚麼交流。

驀地，他憶起那天搜查周凌房間時，鄭海濤亦在場。

「糟糕！」

一想到高夢麟的惡行可能被揭發，吳悠來便心亂如麻。那天消滅罪證的事，會否也被識穿了？吳悠來心跳加速，瞄看附近的喇叭。胸中忖度，校鈴會否再次響起，接下來被抓去問話的人會不會是自己？作為共犯的他會得到怎樣的處分？

坐立不安的吳悠來，不禁在空無一人的天台踱步起來。然後想到了甚麼似地，衝出天台，直奔往教員室所在的樓層。

＊＊＊

吳悠來佇立於教員室外，凝視著那扇木門，似乎要看穿它，窺視裡面的情況。高夢麟進去之後，至少經過了十五分鐘，吳悠來不得不擔心周淩的事敗露了。他舉棋不定，想破門而入迎救孤軍作戰的高夢麟，卻生怕這樣做更惹人懷疑。於是惟有於外面枯候，忍受侵襲全身的劇痛，那心臟快將爆裂的滋味。

終於，忍耐多時的不安得以解放，高夢麟打開教員室的門扉，從裡面出來。吳悠來立即站直身子，正面迎向他。然而，不知何解，高夢麟對他視而不見，直接走向走廊的另一端，與他擦身而過——

吳悠來追視高夢麟的身姿，當他來到最靠近的位置時，剎那間，一陣寒風吹進心坎，使他躊躇。他目睹了高夢麟的雙眸，那徹底失去光輝的眼睛，猶如死魚般，沒丁點神采。而那木頭人似的表情，更令人心中一凜。

儘管高夢麟一向不愛笑，神情木訥，至少還能從眼神認知得到他是活生生的。時而青澀，時而嫵媚，時而瘋狂的眼色，總令人目不暇給。然而此時此刻的他，表情沒一絲微動，深邃的瞳仁亦不流露一點情感，彷彿從一開始，他就只是被施了法術而動起來的玩偶，徹頭徹尾沒有用意志行動。

見此，吳悠來怔住了。他無法驅使雙腿步行，更無法迫使聲帶震動。他卻步，踟躕，注視那沒有人心的玩偶，筆直地走回頭路。

「究竟怎麼了？鄭老師跟你説過些甚麼？」吳悠來心想。

猝然，一股噁心感湧現，吳悠來捂住嘴巴，轉身打開走廊的側窗，大口呼吸。剛才高夢麟走過的軌跡，彷彿殘留著異樣的腥臭味。沒法輕易驅散的一種強烈臭氣，正在漫延並滲透體膚。

徹底腐爛了，那氣味，定是高夢麟身上傳出的屍臭。

＊＊＊

生不如死就是這種感覺嗎?胸口猶如被掏空了一樣，空虛無比。

曾經擁抱，曾經歡笑，那些年擁有過的彼此皆成了浮光掠影。縱使分隔兩地，高夢麟依然無時無刻感受著母親的存在。畢竟她還活著，於此浮世，只要知道世上還有知音人，一切便都安好。

然而當鄭海濤告知高夢麟「那件事」的時候，身心有如受千刀剮般，痛不欲生。但下一秒，他沒有啼哭，眼淚更沒有奪眶而出。

因悲劇來得如此突然，恍如被殺手的子彈射中腦袋瓜似地，一時之間無法掌握肉身已死的事實。

原來，世間還有比傷心斷腸更深的悲哀，讓情感化無的痛楚。心臟倘若浸泡於腐蝕性液體裡，不出一會，不剩絲毫。果然人心就是脆弱，既沒有粗筋，也沒有骨頭。

夜幕高掛的學校庭園，猶如天然的舞台劇布景板，襯托出花兒更艷。只是，那花瓣已深得融化在夜色當中了，不論如何努力，也無法觸摸其完整輪廓。它那麼芬芳又巨大，使人望而卻步。

高夢麟蹲在男子宿舍外的樓梯，那渙散的雙眼，正沒聚焦地投射於一朵無名小花之上。誰亦無法確認花是否真的存在，即使碰到了，怎知道能不能夠相信觸覺和記憶？假設花真的存在，然後被人摧毀了，那還能不能夠叫做存在？它的殘骸確確實實地留下來，但靈魂到了何方呢？

高夢麟緩慢地眨一下眼，花兒又換了角度，向他搔首弄姿。霎時間，他方寸大亂，不禁目逃。雙手不住地顫抖，低垂下頭，猶如將要逃獄而出的撒旦般，野性地呼著氣，於寂靜中製造狂亂的聲響。他從褲袋掏出手機，以充滿魔意的眸子注視螢光幕。上面只有寥寥無幾的聯絡人，當中包括姑丈——那多次侵犯他的男人，現在更成為了大騙子。

高夢麟按下聯絡人的名字，要傳短訊給姑丈，來到編輯文章的版面。他忍不住重複輸入以下三字：「你撒謊你撒謊你撒謊你撒謊你撒謊——」

轉瞬，高夢麟刪除了文章，覺得這樣做一點意思也沒有。

其實高夢麟的內心深處，一直盼望再見母親一面，如此而已。他按下另一個聯絡人，重新編輯短訊內容，把宿願寄託在字裡行間，希望傳遞到母親手中。明知道電話號碼已失效，可是他只能利用這單薄的手機，與她溝通。

說一句只有你我懂得的暗號——

「我也會到外面去，在約定好的地方見面吧。」

＊＊＊

今天早上看不見晨曦，連站在天台也看不清那片碧綠的海洋。

吳悠來坐在食堂，邊進早餐，邊觀看外面的天色，沉鬱的天空，似乎不久就要下一場大雨。因天氣轉變，鼻敏感又發作。他用紙巾擤鼻涕，攤開報紙看看版面上的天文台預測，果不其然寫著今、明兩天都可能下滂沱大雨。

儘管如此，吳悠來要好好享受難得的假日，看完整份報紙。

頭條新聞是連環強姦犯被逮捕的消息，犯人年約三十，從高中開始擔任家庭教師。在十二年間多次性侵犯不同學生，一直未被揭發。直至其中一名受害者在十八歲生日時，向母親告發當年被強姦才真相大白。由於時間過久，證據不足，犯人被判三年徒刑。該判決被女性權益組織抗議，斥責現時法例對犯人過度寬容，刑罰沒有阻嚇作用。

吳悠來皺起眉宇，咬指頭，翻下一頁。忽然，一宗報道入目引起他的關注。

「轟動一時殺人魔——方嘉兒　獄中自殺

三年前因連環謀殺罪名被判終身監禁的方氏，十三日凌晨於獄中自刎身亡。……當年犯人自白其殺人動機是為了保護當時十二歲兒子。可由於犯人保持緘默，甚少透露案件詳情，因此事件迄今仍存在多個謎團未解……」

讀到這裡，吳悠來不寒而慄。他睜大雙眼，重複閱讀好幾遍，確保自己沒有看錯。報上所指的方嘉兒的兒子，不會就是高夢麟吧？

校內一直傳聞，說他的母親犯下殺人罪仍在服刑，而他亦直接向自己確認了流言的真偽。可是，他從來不知道高夢麟就是方嘉兒的孩子。

說起方嘉兒，還真是個可怕絕倫的女人。當年的新聞吳悠來依稀還有印象。她先後殺了丈夫以及兒子的同學，然後把他們的屍體埋在人煙稀少的山腳。

那是一宗駭人見聞的案件，為了保護骨肉而剷除敵人，需要多大的意志，當中亦體現母愛的偉大。但殺人，在這世道是絕對不被容許的。無論對方做過多少不能饒恕的惡事，亦不能親自動手，這就是現今社會的基本遊戲規則。

做出如此令人髮指的事的女人，竟然是高夢麟的母親。

「天……」吳悠來扶額，「我從來沒跟他確認過媽媽的身分。」

突然，吳悠來明白了高夢麟為何一向特立獨行，而且對周凌做出那麼恐怖的報復行為，全部也是在模仿吧。於那種不正常的家庭成長，看著母親為衛護他不惜殺人，即使是再純真的孩童亦會被沾污，再純白的愛亦會被扭曲吧。

他不知道愛。

關於昨天的事，吳悠來終於想通了。高夢麟想必從鄭海濤那裡，知道母親的噩耗。在毫無心理準備的情形下，驚聞摯親的訃報，並非所有人能承受得了。

霎時間悲傷過度，欲哭無淚，正因如此他才露出生無可戀的表情吧。

「我竟然不懂他……我竟然……不懂他……」

吳悠來伏在桌面，背對食堂內川流不息的人群，哽咽起來。不知是因為高夢麟的遭遇坎坷還是責怪自己對他不懂，淚如串珠滑落。窗外的天空仍是灰壓壓的，窗內的人卻已經在哭泣了。

雨，會下得更大吧。

＊＊＊

吳悠來將耳朵貼在門扉上，彷彿在感受高夢麟的脈波。他聽得見房間內的人正在做事，不間斷地重複著相同的動作，發出「咻、咻」的鈍音，一種如流星快速劃過長空的聲響。他不禁猜測，究竟是甚麼東西製造出來的聲音？似乎在用尖銳的刀子削著物品，會不會是頭髮，或者木頭？然而，由高夢麟產生的一切聲音，都使吳悠來感到安心，因為這證明了他還待在能觸及的地方，而自己則如守護者一般，遙遙地守望著。

站了好一會兒，吳悠來終於返回現實，決定叩門。

「夢麟，你在裡面嗎？在的話來應門吧。」

裡面的聲音隨即消失了，大概是察覺到門外有人吧。高夢麟的腳步聲逐漸移近，吳悠來立時退後兩步，好讓門能夠打開。但與預期的相反，高夢麟只打開了一道門隙，窺視呆站於走道的他。兩人默然不語，四目交視好一陣子，吳悠來才尷尬地搔一搔後腦勺，開腔：

「對不起……我早上看了報紙，知道你媽媽去世的事……請節哀順變。」

高夢麟以骨碌的眸子回望他，還是了無生氣的樣子。吳悠來想，也許是母親離世的事令他失卻言語，於是他續道。

「很抱歉，想不到她會自殺……可是你不用害怕，你絕對不是孤伶伶的，有我在！」

「媽媽沒有自殺。」高夢麟激動地以顫腔打斷他，「她是被殺的。」

吳悠來愕然一怔，因為他從來沒見過高夢麟如此錯亂的樣子。難道她的死真的是他殺？在守衛森嚴的牢獄有可能嗎？

「你的意思是有人闖進去把她殺死嗎？獄卒怎會不知道？」

由於只能從隙縫窺視裡面的情況，吳悠來光看見高夢麟的半張臉。那臉龐猶如舞會的半邊面具般，蒼白無色。兩人無言以對，半晌之後吳悠來又開口。

「你認為兇手是誰？」

無論如何，始終會義無反顧地相信他，這就叫宿命嗎？

高夢麟沒移開目光，直勾勾地盯進吳悠來的瞳仁裡，輕聲細語地。

「……有個『誰』殺了她。」

如此虛無的答案令吳悠來十分困惑，擔心高夢麟是否因為過度傷心而失心瘋了。吳悠來試著觀察他，全身上下打量一遍。發覺他右手抓緊褲管，渾身直打哆嗦，還赤裸著腳，好像雪地裡飽受寒冷的孤兒。吳悠來重新凝視他的眼核之際，忽然察覺閃現於他眼中的一絲狂亂，而噤口不語。

高夢麟的嗓音，隨著從門隙吹來的微風，送到吳悠來耳中。

「她不可能殺自己……」高夢麟開了話匣子似地，突然滔滔不絕地說：「她不可能和那些被玩壞的傢伙一樣，不可能成為屍體腐爛……她不是玩具，一定發生了誤會……連爸爸也可以殺掉的人怎可能成為死物？怎會留下我一個人回歸塵土？她必然是沉睡了，為下次覺醒而進入休眠狀態。無言是她的話語，長眠的音訊是來自她的暗示。是逃之夭夭，從這片天地逃出去……」

說罷，高夢麟擁抱住自己，瑟縮起來。那天母子倆作最後道別，母親跟高夢麟說過的那番話，今天他終於恍然大悟。她的行徑便是傳遞給他的訊息，是沉默的溝通。

多少次在夢中，母親和外祖父朝高夢麟揮手，縱然每次甦醒時都記不清對岸的風景，但他隱約感受到那是一片他們三代同堂能幸福生活的淨土。那兒有無限的資源供他們玩耍嬉戲，沒有正邪之分，直至天荒地老。

而現在母親，還有外祖父，已率先上路，因此高夢麟亦必須趕快動身，出發前往那片樂園。但身體止不住顫抖，周遭一切都乍然變得虛假。鏡花水月，幻夢成空，現時他立足的世界究竟是真是幻？

見高夢麟乍哭乍笑的，情緒極不穩定，吳悠來憐憫地慢慢向門隙伸出手，渴望觸碰房間裡飲泣的人。

「不用怕，夢麟，不用怕。」吳悠來靜靜地安慰著他，「要是害怕的話不需要迫自己去面對；要是感到恐懼就逃避吧，不要為了長大而強逼自己忘記傷悲，這是唯一能保留真我的方法。」

高夢麟一言不發地低頭，明明只與吳悠來相隔一米左右的距離，看上去卻若隱若現，感覺有如相隔千里。吳悠來敵不過渴望靠近的欲望，輕輕按住門扉，要進入他的世界……

可是，發現了他的舉動，高夢麟馬上強烈反抗，想把整面門扉關上，卻被吳悠來眼明手快，把腳掌留在軌道中，使他無法順利關閉木門。

「為甚麼！求求你，讓我進去吧！」

「你待在那兒。甚麼地方也不要去。別來這邊。別到外面去。」

高夢麟短促地吐出四句話，像是語無倫次卻另有深意。

「不，我們在一起，哪怕一秒鐘也好！」

吳悠來繼續強行破門，可惜高夢麟的力量也不弱，在裡面一直按住門抵抗，兩者實力相當，互相制衡。他們都混亂了，看得見對方卻永遠處於平行線之上。

心有不甘的吳悠來以淚目凝視高夢麟，這個莫名其妙、總是不聽指示的傢伙，卻是他世間上最在意、最放不下的人。他恨不得用鎖鏈拴住他，箝制他別做所有危險行為。然而他無能為力，因此才如此不忿。

「媽媽沒有死。即使老師說已確認遺體，又有甚麼證據證明那東西曾經是她？那些人懂嗎？法官、姑母、驗屍官，他們知道真正的她嗎？只有我和她理解，她不在那兒，所以必須盡快趕往外面——」

「外面？你說你要到哪兒去？這個世界就這麼大，只有我們能夠看得見的範圍，其他一切被說是存在的都是謊言，我和你才是真正活著的，所以請忘記他們吧！」

吳悠來總算放棄了，泫然欲哭地與高夢麟保持原本的距離，而高夢麟的力度亦因而減退。高夢麟覺得不可思議，為何眼前的人如此理解他的心思，似乎有預知能力。不，他們也許是對方的另一半。上帝不是說過，把人的靈魂分成兩半，好讓他們尋覓另一半找到真正伴侶嗎？

高夢麟輕撫著門把，對吳悠來低聲私語般，柔情地說：

「沒有我的世界也是真實的，只要我一離開視野……」

「我永遠不會讓眼睛離開你的！絕不。」

終於，吳悠來眼淚潰堤。

瞧，被淚水模糊的高夢麟都彷彿是幻境般，美得不真實。因此才忍不住推門將他擁入懷裡，感受那僅餘的體溫。

「我的眼裡永遠都反映著你，這是我唯一能夠把你留住的方法，對吧？」

高夢麟沒有回抱他，任由吳悠來的淚沾濕肩膀。

大概由於吳悠來太麻木追隨高夢麟，因此其他東西都沒法入目。他沒看見房間裡的雜物，在他來到之前，高夢麟一直在用美工刀削鉛筆——一枝尖銳的黑色鉛筆。而地面上則平攤開著今日的報紙，那刊登了母親死訊的版面，已被削成小山的鉛筆碎屑埋葬了。

要是不能做自己，那麼活著的每天，就恍如在削切自身的肉，最終只會剩下骨架。當骨頭隨歲月化作灰燼，誰能認出他曾經是誰？又如怒放在春日底下的花兒，敵不過刺骨的嚴冬而枯萎，後來有人能從雜草亂生的叢林間找到它的所在嗎？它會成為無有，因為沒人記得起等於從來不存在。

／十／

人要是沒有感情伱說多好，即使周邊的傢伙死了亦毫無感覺。大家可以獨活，麻木地行走於世上直至最後一秒。

神明……爲何沒有創造那樣的世界呢？

高夢麟拖著腳步，來到校門前，抬頭看面前那高不可攀的圍牆。這是一座城，用來囚禁他的堡壘。多少次想在這世界建築屬於自己的地方，可這兒是夢幻國，花費年月苦苦建設的理想鄉，間不容瞬便化成煙縷……

為了達到他們能夠永遠快樂生活的國度，必須逃出去。他們一族長久以來都逗留在錯誤的天地，飽歷滄桑。可從來沒有人假設，這裡或許只是一場夢，真實還在外面等著他們去發掘。

「嗶」的一聲，與其他老師出外用膳的鄭海濤，把銀包放在讀卡器上，利用收藏在內格的感應卡，打開兩米高鐵門進入學校範圍。

和同事相處的鄭海濤，看上去除了嚴格守禮沒有別的形象。然而每個人心目中都有惡魔，只是埋伏的深淺程度不同而已。換句話說，人人都是犯罪者，而以世間規條分辨出來的善惡，都只是表面層面的判斷罷了。

為了預備午後第一堂課，老師們一入學校，立即三三兩兩地分散開去，邊談天說地，邊返回教員室。

而鄭海濤則故意留後，因他的眼梢捕捉到躲於暗角的高夢麟。他正以貓眼似的眸子目不轉睛，似乎有所企圖，微微反光的虹膜，使人無法確認他主動接近之用意。

回避大門保安員的目光，鄭海濤佯裝不為意地步向高夢麟的方向。在他倆要擦身而過之際，高夢麟以耐人尋味的眼光盯梢他，迫使他駐足。

鄭海濤俯視身高稍稍比他遜色的高夢麟，突兀地嚥下凝固的唾液。今天的高夢麟，依然美若天仙。

「看了嗎？我的文章。」

高夢麟似乎從這曖昧氣氛感覺到甚麼，踮著腳對鄭海濤耳語，使他心臟猛然跳動。心想，他的直覺怎地如此敏銳，連他讀過生活記錄簿都能察覺得到。

鄭海濤一下子咋舌了。

高夢麟綻開姣好的笑靨，「……再見。」

語畢，高夢麟不動聲色地把一張小便條塞給鄭海濤，不一秒，便條已藏到他的手心。

鄭海濤一臉錯愕，望向高夢麟俊美的臉蛋，他但笑不語。仔細一看，那深深的眼窩裡反映出一張驚恐的表情。

對視片刻，高夢麟方邁開步子離去，留下鄭海濤一人站在原處，似是被獵人盯上無路可逃的小動物般。他不敢在公眾場所看便條，手汗把紙弄得皺巴巴的。過了一會兒，高夢麟完全消失，他才戰戰兢兢地把便條塞進夾包，慌忙趕路。

＊＊＊

「你把甚麼遞給鄭老師？」

高夢麟回到校舍，立刻被神經兮兮的吳悠來抓住手腕。方才那一幕，全都發生在他眼皮子底下，令他無法不在意。

高夢麟無言地掰開那隻手，面不改容地橫眼看吳悠來。

高夢麟閉上眼瞼，忽然轉動脖子的關節，似乎在做舒展運動。剎那間，吳悠來猶如被催眠般精神朦朧，也許還是忍耐不住，再次被他的美態醉倒了。他的髮絲掛在唇邊的畫面，以及尖削下顎的曲線，都使人目眩神迷。

「知道嗎？」高夢麟低語，「世上有種植物叫『死者之花』，因為它巨大且開花時散發出腐爛屍體似的氣味，因此被如此命名——」

吳悠來不懂高夢麟的心，為何現在要提起這些？但他選擇沉默，聽他口若懸河地說明下去。

「雖然大多艷麗的花都含有劇毒，但卻沒一種像它那樣兇殘。它的花蕾呢，和陽具十分相似。七年才開花一次，每次只有兩天。最大的特徵是它其實是寄生性的，必須竊取其他植物的養分成長。花凋謝後會化作黑色焦物，帶黏性的種子會附在動物的毛皮，利用牠們來散播種子，等待下次開花的機會……欸，悠來，你說這花像不像我？」

一陣心悸襲來，吳悠來幾乎被打敗。他這樣呼喚自己的名字，還是第一次，而且此時此刻，高夢麟竟以含情脈脈的眼光注視著吳悠來。

「別稱還有很多，『巨花魔芋』，或者『惡魔之花』。各自心中反映出來的魔鬼迥然不同，因此就會出現不同的名字。那種亂人心智，使人產生幻覺的物種竟然是世上最偉大的花，能夠相信嗎？」

吳悠來懵懂地，「哪有相不相信，因為那是真的存在……」

「本質太邪惡，難道不應該永遠消失嗎？那樣留下種子，豈不是遺害人間？寄生在別人的生命上成長，香氣又逼使昆蟲迷失心智，不，也許可說是回歸原始本能，忘卻道德。那種引發狂亂的禁忌之花，不是和我很相似嗎？」

高夢麟說了一長串，然後優雅地原地旋轉，宛如舞者。他吸一下鼻子，感受大雨前夕的潮濕空氣，滋潤著肌膚和頭髮，使之油亮。

停滯在半空的冷空氣刺激腦袋，令吳悠來昏頭轉向，大概是由於低氣壓的緣故吧。陰冷的天空掩埋著太陽，連高夢麟的背影看上去也灰暗暗，如黑白無色的遺照般。

不久，高夢麟以惺忪的眼睛迴視，說：

「人要是沒有感情你說多好，即使周邊的傢伙死了亦毫無感覺。大家可以獨活，麻木地行走於世上直至最後一秒。神明……為何沒有創造那樣的世界呢？」

說罷高夢麟昂首，面迎穹蒼。恰巧一片烏雲蓋頂，令他的臉孔霎時間黯淡起來，就像被覆上蓋屍布一樣。

花，終將凋零。

＊＊＊

晚上，不出所料，下了場傾盆大雨。高夢麟於宿舍內，面向緊閉的窗戶，輕輕把手貼在那面冰冷的玻璃之上。低溫的表面迅速奪去手掌的溫度，使手離開玻璃時，留下一個溫熱的印記。

雨滴垂在窗框邊緣，打不到高夢麟身上，可他卻從閉塞的空氣中，感覺到自己漸漸濕潤起來，恍如乾涸已久的土地，終於被甘露潤澤一樣。

雨聲洗滌一切，任誰都暫時躲了起來，此刻高夢麟卻前往衣櫃換衫，穿上帶帽外套後，從書桌的抽屜拿出前陣子削好的尖頭鉛筆，放到內側的口袋，拉好拉鍊。準備就緒，接著打開大門走出房間，赴約去。

天空在哭，雷電交加的聲響奇大，使高夢麟成了一柄安裝滅音器的手槍。

學校四周被雨聲包裹著，成為最佳的天然保護膜，讓清醒的人短時間內充當聾子，裝睡的人依舊能裝睡。

閃電落地，錯綜複雜的形狀發放出刺眼的光芒，落在白玉臉上，令高夢麟美得不像人間生物。他亦察覺到此點，樂於演出別人期待的角色，成為工具，反正他很快會加入死物作為一份子。穿梭於校園，今夜的他是殺人如麻的武器，並沒有內疚和不安，內心極度平和。武器只是武器，是中立的，往往只有使用的人的錯。

早上交給鄭海濤的便條上，寫了時間和約定地點，舞台已安排好了，最後樂章正悄然奏起……

＊＊＊

整棟宿舍被風雨強烈鞭打著，依靠床頭板昏昏欲睡的吳悠來，因一下帶勁的雷聲驚醒。他搓揉眼皮，擱在大腿上那本攤開的小說因動作太大而掉落地板，製造更大的噪音，使睡意又醒了幾分。

窗外雷鳴不斷，響雷每次落下都恍如貫穿整座樓房般，驚天動地。心神不寧的吳悠來捂住胸口，小心翼翼地走近窗前，看窗戶有否漏水，有否關好。順便眺望風景，看有沒有機會目擊雷神發怒的一幕。

正在此時，一道閃電投下，使周遭物品以至建築物瞬即漂白。不過是半秒時間，吳悠來竟在四周亮起來的刹那，目睹有人從宿舍走出來。他出於好奇，凝眸遠望那小小的身影——那是個男生，穿有帽外衣深深地蓋著頭，沒帶傘，直往職員宿舍步去。

這大風大雨之下誰會冒險外出？縱使不打傘，也有被雷電擊中的風險吧。

吳悠來怔了一下，忽然如同青天霹靂，直覺告訴他那身影極有可能是高夢麟。從今早開始，他和鄭海濤之間就盪漾著不尋常的氣氛，現在他又偷偷摸摸夜逃，想必有甚麼事即將發生。

一旦認定那人是高夢麟，吳悠來便七上八下，不能自已。最終決定穿上雨衣，無懼暴風疾雨衝出大樓的庇護，追逐那如幻似真的影子……

***

鄭海濤在裡面，一直都在房間內，期待著高夢麟到來。

深宵時分，有節拍的敲門聲喚醒他的五感。不用多臆測也知道必定是盼望已久的人。

他並非飢不擇食，自從遇見高夢麟之後，其他女人一概失色。因此他才醒覺到自己並不是無情的生物，只是一直沒有值得他引頸企盼的人物出現罷了。可現在，那個人就站在門外。

鄭海濤心急如焚，立馬衝向大門，連防盜門眼都不瞥一眼便敞開門戶。如預料之內，高夢麟駐足門外，面容木然地抬起眼挫。鄭海濤一與他視線相交，心悸就停不了。窗外落雷的同時，一股電流直通全身的觸感襲擊他，使動作定格，不能動彈。

高夢麟沒撤走視線，與鄭海濤保持對視。踏進陌生的領域，兩人對峙著互換位置，與此同時鄭海濤順手把門扉關上，使這兒成了只屬於兩人的密封空間。

面如冠玉的高夢麟，直勾勾地盯看背抵著門的鄭海濤，然後逐步迫近。那張水靈清秀的臉孔，令鄭海濤忍不住激動起來，他脈搏上升，下半身發麻。

主動接近鄭海濤的高夢麟，下一秒已成為被動，因他忽然被擁入懷裡。鄭海濤邊在心中背誦生活記錄簿裡的文字，邊撫摸高夢麟的毛髮，盡施法寶試圖取悅他，還有填補空虛的心靈。

真不可思議，在指頭撫過皮膚的瞬間，更多快感湧現，頭腦如關掉燈掣般一下子變得不清晰。一種莫名的獸性支配了身體。正當鄭海濤打算強吻這天生尤物時，高夢麟突然逃脱他的懷抱，好像故意吊人胃口般保持一段距離。

雷陣雨反覆敲響著警號……

高夢麟與鄭海濤對調站位，推倒，讓他一屁股坐在床邊，然後屈膝蹲下。鄭海濤預料到他的下一步舉動。

握住命根子的高夢麟，運用赤裸的接觸正式掌管性命。他不用多做甚麼，鄭海濤的身體已經坦率地開始反應起來。看來他已很久沒如此亢奮，竟欲罷不能地用手按住高夢麟的頭部，迫他加快速度，直至世界分崩離析，日月無光。

高夢麟面魔羅的聽從指示，定睛在鄭海濤瀕臨崩潰的神情上。驀地，姑丈的臉掠過腦海，一陣顫慄使他全身汗毛直豎——

但他依然堅持下去，操控昔日自己的分身，讓眼前人身受極度痛楚而大叫大喊。他已看不見其他人了，房間內除了高夢麟，也還是只有高夢麟。

不出五分鐘便結束，鄭海濤像黑熊咆哮般沉厚地叫了一聲後，完全釋放了自己。刺激令感官天旋地轉，持續了好一陣子的歡愉。

高夢麟吐一口白濁，凝視鄭海濤欲生欲死的表情。

高夢麟跪站起來，情緒高揚的鄭海濤全然沒在意別人的眼光，繼續抽搐。

面癱了似的高夢麟，用手背拭嘴角，喑啞地從口袋拔出那枝削尖的鉛筆。手起筆落，快而狠準地刺穿了鄭海濤的喉嚨！

Z形的雷電停留在夜空，慢了半拍才消失……

鄭海濤還沒有察覺到己身已皮開肉裂，止不住吐一身血。不一會，開始在床上打滾，繼而手腳痙攣。

高夢麟站了起身，閉目，靜聽窗外的大雨小雨打在玻璃上，如夏日的風鈴般清脆動人。

任由鄭海濤在一旁呻吟，高夢麟走往書桌，逐一拉開抽屜。又找了遍夾包，終於發現自己寫的字條，還有那個眼熟的銀包。他毫不猶豫地從銀包內格，掏出鐵門的感應卡。然後打開衣櫃，挑選適合的衣物，再脫掉身上的服裝。成了一絲不掛，換上鄭海濤最常穿的襯衫和大衣。

此時，床鋪那邊已沒有聲音了。高夢麟回眸，發覺鄭海濤的視線仍定在他身上，似乎到了這種時刻依然眷戀鮮嫩的肉體，覬覦著。

高夢麟無視奄奄一息的鄭海濤，到玄關拿起那最常見的便利店雨傘，灑脫離開現場……

***

大雨如瀉，保安員於自己的小天地使用智能手機，低頭無語。周遭的噪聒全被隔絕在外，入耳式耳機成為屏障，讓他能夠自成一角。夜太長，雨太吵，此種悶絕的晚上只有上網方可排解寂寥。

雷雨持續了一小時以上，距離下次巡夜時分還有十分鐘左右。保安員悶得發慌，唯有看體育新聞的短片消遣一下。由於他全神貫注在發光屏上，因此沒察覺到有個男人正從職員宿舍走來，踽踽獨行。

當男人到達保安亭前，保安員方發覺有人影經過，抬頭一瞥。發現男人的衣著是鄭海濤時，立即收起手機，慌張不已地起立。

「鄭⋯⋯鄭主任！」

可撐著便利店雨傘的男人一聲不吭，直往鐵門步去，連招呼也沒一句。

「很晚了，下這麼大的雨，您有急事嗎？」

男人沒理會保安員的勸告，旋踵用感應卡開啟鐵門出去⋯⋯

＊＊＊

沛然大雨之中，吳悠來破風前行。數之不盡的雨點猶如硬物，乘厲風飛來打在身上，使他疼痛不已。可是他不顧風雨撲面，牙關打顫，誓要將迷路羔羊領回正途。

吳悠來站在職員宿舍樓下，不見高夢麟的蹤影。依方才目睹的路向分析一下，他應該是進入了這座建築物，而目的地，不用想像自然是鄭海濤的房間。

因雨勢過大，吳悠來不禁瞇起眼睛，試圖尋找入口。但正門已被鎖上，沒有住客許可這道自動門似乎不能擅自打開。

冒著大雨，勉強睜開雙眼，吳悠來繞道到大樓的後門，在途中發現有一走廊的欄杆高度不足，大概可以爬跨過去。他二話不說，馬上攀登起來，成功入侵私人範圍，潛入宿舍。

好不容易找到鄭海濤的門牌，吳悠來卻步，驀地惶恐不安。也許是不想發現更多秘密的恐懼，或者害怕因高夢麟的魯莽而再次受傷害。然而已沒有遲疑不決的空間了，無論如何，高夢麟是他最重要的人。

躊躇不定的吳悠來總算鼓起勇氣叩門，但在他敲下去之前門已自動打開。他霍然心驚肉顫，還以為有人來應門。但他錯了，門之所以敞開是因為氣流，門鎖並沒有門上。

房間裡去。

雖然感到訝異，吳悠來還是推門進去。只是門一大開，一陣異常強烈的腥臭味便撲鼻而至！他花了兩秒認知映入眼簾的情景，嚇得失魂落魄，猛地朝後一縮。忍不住倒抽一口氣，之後猶如其動作的反動般，噁心感湧上喉嚨，幸而他把持得住硬生生吞回去。接著他步履蹣跚地退出房間迴避，冷靜片刻才又回房間裡去。

吳悠來知道如此不人道的殺人方式，定是高夢麟的所作所為。半晌，吳悠來硬著頭皮接受了現實，這樣子方敢正視鄭海濤的屍體。

「鄭……鄭老師？」

吳悠來輕聲呼喚，試探鄭海濤還有沒有意識，可惜倒臥在地的他看來已成為過去的人了。

見狀，吳悠來以顫抖的手趕忙關上門，回視四周。發見一枝鉛筆插住鄭海濤的喉結上方，而且書桌更擺放攤著高夢麟撰寫的生活記錄簿。

頃刻間恢復理智的吳悠來，發覺已沒有餘裕思前想後，頓時把那本生活記錄簿塞進其他本子中間，並且從個人獨立浴室拿出毛巾，顫抖抖地替高夢麟抹去鉛筆末端上可能遺留下來的指紋。

之後他將毛巾隨處遺棄掉，吳悠來抱著頭，眼淚簌簌而下。他怕得面無血色，沒有人會想成為殺人幫兇，然而比起鄭海濤的生死和自身的安危，他有更愛惜的東西。

即使到了這種時刻，吳悠來仍然滿腦子浮現高夢麟的面影，念茲在茲。

「對不起……老師，對不起。」

吳悠來對死不瞑目的鄭海濤道歉，然後逃逸出去。

＊＊＊

吳悠來於狂風大雨中奔馳，心臟好像要爆裂一樣。這情感是源於驚恐，還是戀愛的錯覺所致？

血。鄭海濤，周淩。假若他們的血能夠換取高夢麟的性命，哪怕要上刀山下火海。如果不足夠，便用上吳悠來的血吧。和其他人一樣，他亦願意犧牲，萬死不辭。

頓悟的吳悠來，感覺豁然開朗。原來這便是愛，比世間所有浮華都美好，一生中最重要的寶物。可為何內心如此痛苦？這染滿口腔的腥紅，究竟是苦、是甜？

「同學！同學！」

背後傳來吼叫聲，使吳悠來停步。回首，原來是守門的保安員在四處巡邏。他駕著自行車，來到吳悠來眼前，為了不讓雨聲淹沒而張大喉嚨，叫道。

「門禁已過了好久！你不可以在這兒逗留！不想被雷公打中的話，馬上回房把被子蓋過頭睡覺去！」

臉上無光的吳悠來，不假思索便直截了當地回答。

「鄭老師死了……」

「聽不到啦！你説啥？」

「鄭海濤老師死了。」

「怎可能！他剛剛從校門出去呢，真會開玩笑！」

吳悠來不覺一怔，鄭海濤的屍體他才親眼確認過，怎會剛剛離開學校？忽然，他靈機一動，找不到高夢麟也許是因為他根本不在校內。學校四周的圍牆如此高，只有假冒老師才能光明正大地逃離學校，亦是最快捷的手段。

吳悠來想了想，對一臉狐疑的保安員說。

「我剛才找鄭老師，確確實實看見他流了很多血，不知是死了還是休克了，你不相信可以去查看。如果是假的來找我算賬也行，但是救人要緊。」

保安員半信半疑地看他，優柔寡斷了大半天，終於叫了句「哎喲」，接著踏上自行車，駛向職員宿舍。

見保安員遠去，吳悠來又奔跑起來，不久到達保安亭。果然，今晚的看守除了剛剛那位保安員之外就沒有其他人。

趕快！

鄭海濤的屍首被發現之後，警察、記者，所有可能毀掉他和高夢麟二人世界的壞蛋，全都會蜂擁而來。怕了嗎？逃走了嗎？殺人不眨眼的高夢麟到底飛往了何處？

「外面……外面……海！」

吳悠來焦頭爛額，破門進入保安亭，搜索開門鍵。終於被他覓得一枚紅色按鈕，趕緊按下，那道鐵門隨即發出「嗶」的聲響。

成了逃犯的吳悠來一推門，拔腿就跑。他彷彿聽得見高夢麟的鋼琴，每粒音色皆如雨珠墜地，落在飛馳的腳畔。他承受著風吹雨打，踢開一排排雨腳，箭似地奔跑於夜路，趕往附近的海灘——

那幽幽奏起琴音的地方。

＊＊＊

雨勢變小了，漆黑的海洋瀰漫著陣陣雨煙。雷電雖然已經停止，但海上波濤洶湧，令高夢麟寸步難行。然而，他泰然自若地哼著一首不知名的小曲，向汪洋大海進發。海的中央閃爍著奇妙的浮光，彷彿是閃雷打在海面，保存於海底深處，代替繁星裝飾今夜，美得讓人懷疑一切會否只是泡影。

淅淅瀝瀝的雨聲中，間間斷斷傳來人聲。未幾，有人撲向海浪產生巨響。高夢麟止住腳步，驀然回首，見狼狽的吳悠來曳曳拖行，朝這邊走來。

「夢麟！別走！」

猶如著了魔似地，吳悠來上氣不接下氣地呼叫，在天昏地暗之下摸索出路，來到高夢麟眼前。

「你打算去媽媽那兒吧？我不要你消失！絕不可以！」

吳悠來邊說邊搖晃高夢麟肩膀，同時拉起他的手臂不放。高夢麟凝視他哭成淚人兒，依舊是夢夢銃銃的，以無波無瀾的聲線道。

「不是消失，我只是去游泳。」

「游泳？在這大風大浪的時候你要怎樣游泳？」

「等不及了……」

「再等一下吧，求求你，眨眼便到夏天了。不要離開我！」

「為甚麼？」

吳悠來任由水滴從髮絲滑落，不知是雨是淚，還是飛濺起來的海水，他只想大聲表白心跡。

「因為我喜歡你……我喜歡你！」

語畢，吳悠來使勁抱住高夢麟，一下子失足，兩人同時倒下，幾乎窒息在風高浪急的大海之中。縱使如此，吳悠來依然緊擁著高夢麟，生怕他會沉沒。吳悠來以手抹一下臉，想把多餘的水弄走，卻有更多雨水降下模糊視野。

「聽我說，我知道鄭老師的事，他也對你做過甚麼吧。但是我們還年輕，人們一定會原諒我們的。」

「不，我們一輩子也不會被原諒，只要我們是男人……」

「說甚麼傻話，難不成殺戮，是你所期望的生存方式嗎？」

高夢麟紋風不動，「……你在作夢呢。」

「呃？」

「如此簡單的道理你也不懂，我和你，現在都在同一個夢境裡。所以我們無法控制自己，一切都失常了。」

「不可能，瞧，我能感受你的心跳。」吳悠來與他相擁，「來，抱在一起還這麼溫暖呢，我們都活著，血在流，腳踏實地地生存在這顆星球上呢！」

「為何你能斷定？有人告訴過你活著的定義嗎？或者連體溫也是謊言，脈搏亦只不過是幻覺。所以為了證明，我要游泳，在這片海洋的彼岸有答案。」

吳悠來感到心力交瘁，實在揣摩不透高夢麟的心思。

「哪有答案？那兒只有死路一條啊！」

「人們都說只要在夢中死去，便能逃離夢像，甦醒過來。所以我必須游過這片海，累了，也許就能回歸現實。難道你不想醒來？」

「假若你所說的現實沒有高夢麟，沒有吳悠來，那我寧願永遠待在夢裡！」

「……我錯了。」高夢麟推開他，「你也是假象。」

正在此時，巨浪湧至，險些把高夢麟捲走。吳悠來驚慌失色，發覺水位及腰，原來不知不覺間他們走到如此深的水域了。

「別胡思亂想了，你這樣做是自殺！」吳悠來怒吼。

「但這是必須做的事，也是為了大局著想。因為我一直在撒謊，其實我最想殺的不是別人——」高夢麟瞋目，「而是我自己。」

聽此，吳悠來心碎了，高夢麟的舉動表示他已視死如歸。對高夢麟而言，這也許是善意的道別。然而，這樣分離對吳悠來來說才是名副其實的夢魘。不論如何拚命，高夢麟始終不理解這份愛意。

海水遇到兩人時，突然翻起浪花。可能是水進眼睛了吧，吳悠來變得淚眼婆娑，似乎下定重大決心，抖著嗓子開口。

「好吧。那別留我在這裡，一起遠走高飛吧。我要好好牽著你，好讓我們永不分離。」

說著吳悠來淚如雨下，以發白的嘴唇吻下高夢麟的額頭。可是高夢麟卻不領情，冷冰冰地答腔。

「⋯⋯我不能帶你去。」

吳悠來還未來得及回應，猝不及防，被高夢麟把頭按進水中，呼吸不了，喝下大量海水。一開始，他努力試著浮上水面，可惜措手不及，漸漸連鹹味都分不清，後來知覺更愈來愈朦朧，再一陣便溺水了。

＊＊＊

浪濤聲裡彷彿混雜著高夢麟的話語：

「你要醒過來，忘記我。」

這些真的只是一場夢嗎？

吳悠來在類似深海的地方，仰視水面。外面看似雨過天晴，波浪的顏色漸明，帶有紫和黃扭曲的色彩。已是黎明接近日出的時份吧，搖晃的水流折射出魔法似的彩光。

然後，有一人影飄浮於上方。

孤苦伶仃的高夢麟，默默游進視界。

水底看見的太陽遙不可及，像是花朵般呈放射線綻放著。而高夢麟則在那熠熠生輝的花中心，優雅地暢泳，徐徐遠去。

那身影彷彿要融化在陽光中，像尾靈活的魚兒，徹底離開這個世界。

吳悠來無力的四肢隨水流擺動，下沉。感覺如同沉澱物一樣，被人扔棄。而蘊藏於內心的某種情感，亦隨之瓦解。他並沒有醒過來，也沒有勇氣逃亡。他還在所謂的夢裡掙扎，繼續背負命運，讓記憶中的那個夢……逐步泛黃。

只是，人即使走到天涯海角，也沒辦法逃離自己。

快樂結局不會來臨，即使是多幸福的故事，多麼深愛著對方，都將會以死亡作為終結。所以惟有叫自己淡忘，否則只會一生痛苦。

「是的，必須盡快忘記，曾經那樣愛過……的事，全部全部……」

讓源源不絕的雨，祝福這充滿惡意的土地，一直降下，直至花朵再開之時——

（完）

〈後記〉

關於《腐屍花》，我創作此作品有幾個動機。首要，是因為在寫完《嗜殺基因》之後，太在意兒子的未來會發展成怎樣的人。事實上，當前作完結後，高夢麟的故事就隨即誕生了。本來沒有聯繫兩部作品的想法，可是，靈感和畫面湧泉而出，令我有股強烈的欲望，必須把它寫出來。

故事主題，主要圍繞「性」所帶來的「恐懼」。性，固然有美好的一面，但今次嘗試把著眼點放在陰影之上。

比起女性，很多時候我較喜歡描寫男性，大概因為是異性，無法完全理解，所以自然產生了好奇心吧。為何在文中描寫多段同性關係？因我想試著寫一個厭惡自身性別的人物，即是有男性厭惡症的男生。大家也許有聽過女性討厭男性，但，我想假若男性討厭男性，那會否形成一種自卑情緒呢？

因為想通過性表達另類的恐懼，所以創造了性格多樣、象徵不同意義的幾位男角，他們都影響著主角的人生，導致他最終步向絕望。

鄭海濤，因教師身分而無法釋放自我；周凌，受年青的性慾覺醒而迷惑；姑丈，厭倦了婚姻而戀上回憶裡的方嘉兒；各自有他們的悲哀。我認為男性的慾望不一定只限於特定的某一樣東西，因此構思這故事時也留意這點。

不得不提的是，除了鄭海濤、周凌、姑丈等人，還有兩位對主角影響深遠的男士，分別是外祖父和父親。這些兒時建築起來的陰影，都是使高夢麟思想歪曲的重要元素。

文中作為其中一條主線的吳悠來，則是想借著他來表現出對比，使男角不會太單一而顯得不夠立體。雖然也有被色慾薰心的人，但吳悠來的純愛，帶出了愛情美好的一面。只不過，高夢麟選擇望向黑暗的一方，無視眼前的光明，步向了死亡。到頭來迎接怎樣的結局，依然是他自身的抉擇。

寫作過程裡，也許是和高夢麟的情感共鳴了，令我那陣子處於抑鬱狀態。不過，那大概由於我們每個人身上，不分男女，都在一定程度上明白暴力和性可能帶給人的傷害，所以才會感到噁心、憤怒、害怕吧。

希望每位看完此故事的讀者，也能令身邊的孩子遠離噩夢。

〈異類人性〉系列小說作品

嗜殺基因

柏菲思 著

不能自已的異類人性，善與惡，由誰定奪？
不爲人知的家族秘密，對與錯，如何定義？

關於高夢麟兒時成長中的夢魘經歷，
緣何高母方嘉兒會成為被囚禁的殺人魔，
以及其外祖父的隱密過去，
一個家族三代人猶如受到詛咒的生與死，
——前傳《嗜殺基因》一一解密。

封面插圖師：朱華（Syuka)［日本畫家］

腐屍花

作者——柏菲思
封面插圖——朱華(Syuka)
書籍設計——阿丁
編輯——阿丁
出版——格子盒作室 gezi workstation
郵寄地址：香港中環皇后大道中70號卡佛大廈1104室
臉書：www.facebook.com/gezibooks
電郵：gezi.workstation@gmail.com
發行——一代匯集
聯絡地址：九龍旺角塘尾道64號龍駒企業大廈10B&D室
電話：2783-8102
傳真：2396-0050
承印——美雅印刷製本有限公司
出版日期——二〇一七年七月（初版）
國際書號——ISBN 978-988-14368-9-4

Published & Printed in Hong Kong